# अटैची रहस्य

# अटैची रहस्य

सत्यजित राय

बांग्ला से अनुवाद
मुक्ति गोस्वामी

रेमाधव पब्लिकेशन्स

ISBN : 978-81-89850-60-9

**अटैची रहस्य** (उपन्यास)



**पहला संस्करण :** 2006
**दूसरा संस्करण :** 2023

**मूल्य :** ₹ 395

**प्रकाशक**
रेमाधव पब्लिकेशन्स प्रा. लि.
जी-17, जगतपुरी, दिल्ली-110 051
**शाखाएँ :** अशोक राजपथ, साइंस कॉलेज के सामने, पटना-800 006
पहली मंजिल, दरबारी बिल्डिंग, महात्मा गांधी मार्ग, प्रयागराज-211 001

वेबसाइट : www.remadhav.com
ई-मेल : contact@remadhav.com

**मुद्रक**
बी.के. ऑफ़सेट
नवीन शाहदरा, दिल्ली-110 032

ATAICHI RAHASYA
*Novel by* Satyajit Ray
*Translated by* Mukti Goswami

# अटैची रहस्य

"निकाले तो हैं, देखिये..."

प्रबीर बाबू ने [illegible] निकालकर दिखाया, फिर बोले "ब्लेड और शेविंग क्रीम भी इस्तेमाल करने की इच्छा थी, लेकिन उसका मौका ही नहीं मिला।"

"लेकिन प्रबीर बाबू, आप समझ ही रहे हैं, अगर अटैची लौटाना तो पूरे सामान के [illegible] वरना [illegible]।"

"बेशक!"

प्रबीर बाबू [illegible] बढ़ा दिया, फेलू दा ने धन्यवाद कर[illegible] लिया, लेकिन आप [illegible] उनका [illegible] उन्होंने जब वह [illegible] दिया था, [illegible]

प्रबीर बाबू [illegible] में दीननाथ बाबू की गाड़ी के गूँजते हॉर्न [illegible] चुपचाप कमरे से बाहर [illegible]

[illegible]

दीननाथ बाबू [illegible] कर नमस्कार की मुद्रा में दोनों हाथ जोड़कर हमारी तरफ आ [illegible] हम दोनों खड़े हो गए थे। [illegible] हुए बोले, [illegible] बैठिए, [illegible] आप लोगों को [illegible] चाय पीने में [illegible] कौन है?"

नौकर को [illegible] के लिए कहकर [illegible] बैठते हुए बोले, "कहिए, क्या खबर है?"

फेलू दा बोले, "आ[illegible] आपके [illegible] सज्जन के साथ बदल गया है। उनका नाम है जी. सी. [illegible]"

दीननाथ जी चमत्कृत होकर बोले, "आपने एक [illegible] उन सज्जन का नाम भी पता लगा लिया, कोई जादू है क्या..."

फेलू दा अपनी रहस्यमयी मुस्कान बिखेरकर बोले, "वे सज्जन

# एक

**कैप्टन** स्कॉट की ध्रुव अभियान पर लिखी, रोंगटे खड़ी करने वाली एक पुस्तक मैंने हाल ही में समाप्त की थी। उसके बाद इतनी जल्दी मैं बर्फ के देश में पहुँच जाऊँगा, मैंने सोचा भी नहीं था। लेकिन बर्फ के देश का मतलब कोई उत्तरी ध्रुव या दक्षिणी ध्रुव न समझ बैठे। फेलू दा को कभी किसी मामले की छानबीन के लिए या किसी रहस्य को ढूँढ़ने के लिए उस देश में जाना होगा, मुझे ऐसा नहीं लगता। हम लोग जिस देश में गए थे, वह हमारे देश का ही हिस्सा है, लेकिन हम जिस मौसम में गए थे उस समय वहाँ बर्फ गिरने का मौसम था। वह बर्फ आसमान से महीन रूई की तरह तैरती हुई नीचे उतरकर जमीन पर जम जाती है और धूप में उस बर्फ की ओर देखने से आँखें चौंधिया जाती हैं और उस बर्फ को जमीन से मुट्ठी में उठाकर उससे गेंद बनाकर खेला भी जा सकता है।

हम लोगों का यह अभियान पिछले मार्च के महीने में एक गुरुवार की सुबह शुरू हुआ था। फेलू दा का अब जासूसों में नाम हो गया था। लिहाजा बीच-बीच में उनके पास मुवक्किल भी आने लगे थे। लेकिन मन लायक केस नहीं होने से वह मना कर देते थे। अच्छे का मतलब ऐसा मामला जिससे उन्हें अपनी असाधारण बुद्धि को और भी तेज करने का मौका मिले। इस बार का मामला सुनने के बाद उसमें कुछ खास नजर नहीं आ रहा था, लेकिन फेलू दा में शायद कोई अद्‍भुत क्षमता है जिस कारण यह मामला कुछ विशेष लगा और वे केस लेने को तैयार हो गए। लेकिन ऐसा भी हो सकता है कि ये सज्जन काफी प्रभावशाली थे और फेलू दा को उनसे मोटी रकम ऐंठने का मौका मिला हो इसीलिए उन्होंने यह केस हाथ में लिया हो। बाद में उनसे यह पूछने पर उन्होंने जिस तरह मुझे घूरकर देखा उससे मैं बिलकुल चुप रह गया।

फेलू दा के नए मुवक्किल का नाम दीननाथ लाहिड़ी था। बुधवार की शाम को उन्होंने फोन पर हमें अगले दिन सुबह साढ़े आठ बजे हमारे यहाँ आने की सूचना दी थी, और ठीक उसी समय हमारे तारा रोड के घर के सामने किसी गाड़ी के रुकने की आवाज सुनाई दी। गाड़ी का हॉर्न अनोखा था और उसे सुनते ही मैं दरवाजे के पास चला गया था। फेलू दा इशारे से मुझे रोककर दबे स्वर में बोले, "इतने उतावले क्यों हो रहे हो, पहले घंटी तो बजने दो।"

घंटी बजने के बाद दरवाजा खोलते ही उस सज्जन के साथ-साथ उनकी गाड़ी पर भी हमारी नजर गई। इतनी बड़ी गाड़ी मैंने रोल्स-रॉयस के अलावा दूसरी नहीं देखी थी। उन सज्जन का व्यक्तित्व भी आकर्षक था लेकिन उसकी तुलना में उनका कद वैसा नहीं था। गोरा-चिट्टा रंग, उम्र पचपन के आसपास, महीन धोती और मलमल का कुर्ता, पैरों में सूँड़ मार्का नागरा जूते। उनके दाहिने हाथ में हाथी-दाँत के हत्थे वाली घड़ी थी और बाएँ हाथ में आयताकार नीली अटैची। इस तरह की अटैचियाँ मैंने काफी देखी हैं। हमारे यहाँ भी इस तरह की दो अटैचियाँ हैं—एक पिता

जी की, दूसरी फेलू दा की। एयर इंडिया अपने यात्रियों को मुफ्त में ऐसी अटैची देती है।

फेलू दा ने घर की सबसे अच्छी आरामकुरसी पर उन्हें बैठाया और खुद उनके सामने एक मामूली कुरसी पर बैठ गए। वे सज्जन बोले, "कल शाम को फोन पर आपसे मेरी ही बात हुई थी। मेरा नाम दीननाथ लाहिड़ी है।"

फेलू दा गला खँखारकर बोले, "आप आगे कुछ बोलें, उससे पहले क्या मैं आपसे दो प्रश्न पूछ सकता हूँ?"

"जरूर!"

"पहला प्रश्न—आपको चाय से परहेज तो नहीं?"

वे सज्जन हाथ जोड़कर बोले, "बुरा मत मानिएगा मिस्टर मित्र, वक्त-बेवक्त चाय पीने की मेरी आदत बिलकुल नहीं है। लेकिन आप चाहें तो नि:संकोच चाय पी सकते हैं।"

"ठीक है, अब दूसरा—आपकी कार क्या हिस्पानो सूइजा है?"

"ठीक पहचाना। ऐसी गाड़ियाँ अभी यहाँ ज्यादा नहीं आईं। सन् '34 में मेरे पिता जी ने इसे खरीदा था। क्या आप गाड़ियों में रुचि रखते हैं?"

फेलू दा मुस्कराकर बोले, "मेरी बहुत-सी चीजों में रुचि है। लेकिन कुछ हद तक यह मेरे पेशे के कारण है।"

"ओह, आई सी! खैर, जिस बात के लिए मैं आपके पास आया हूँ, वह आपको शायद मामूली लग सकती है। मैं आपकी रेपुटेशन जानता हूँ, लिहाजा मैं आपको मजबूर नहीं कर सकता। मैं केवल आग्रह कर सकता हूँ कि इस केस को आप ही हल कीजिए।"

सज्जन के स्वर में और बातचीत के लहजे में आभिजात्य जरूर था, लेकिन दिखावा कतई नहीं था, बल्कि बेहद मधुर और शालीन था।

"आपका केस क्या है, पहले पता तो चले।"

मिस्टर लाहिड़ी मुस्कराकर सामने मेज पर रखी अटैची की तरफ

देखकर बोले, "इसे केस भी कह सकते हैं, चाहें तो अटैची-केस भी। हा... हा! इस अटैची को लेकर ही सारा झमेला है।"

फेलू दा अटैची की तरफ एक बार देखकर बोले, "लगता है, यह कई बार विदेश की सैर कर चुकी है। भले ही इसके टैग निकाल दिए गए हैं लेकिन इलास्टिक बैंड अभी भी हैंडल पर लगे हुए हैं। एक-दो-तीन..."

वे सज्जन बोले, "मेरी अटैची के हैंडल में भी ठीक ऐसे ही लगे हैं।"

"आपकी अटैची...? यानी यह अटैची आपकी नहीं है?"

"जी, नहीं।" मिस्टर लाहिड़ी बोले, "यह किसी और की है। हम दोनों की अटैचियाँ बदल गई हैं।"

"ओह, आई सी...बदल कैसे गईं? ट्रेन में या प्लेन में?"

"ट्रेन में। मैं दिल्ली से कालका मेल से लौट रहा था। पहले दरजे के डिब्बे में हम चार यात्री थे। उन्हीं में से किसी के साथ बदल गई।"

"किसके साथ बदल गई है, आप शायद नहीं जानते हैं?" फेलू दा ने पूछा।

"जी, अगर जानता तो आपके पास आने की जरूरत नहीं पड़ती।"

"निश्चित ही आप बाकी तीन व्यक्तियों का नाम भी नहीं जानते होंगे?"

"उनमें एक बंगाली सज्जन थे, जिनका नाम पाकड़ासी था। वे भी दिल्ली से मेरे साथ ही गाड़ी में चढ़े थे।"

"आपको उनका नाम कैसे पता चला?"

"दूसरे एक सहयात्री के साथ उनका परिचय था, वह 'हैलो मिस्टर पाकड़ासी' कहकर उनसे बात कर रहे थे। बात से मुझे वे दोनों व्यवसायी लगे। अपनी बातों में वे 'कंट्रैक्टर', 'टेंडर' आदि शब्दों का इस्तेमाल कर रहे थे।"

"वह जिनके साथ बात कर रहे थे, उनका नाम नहीं मालूम?"

"जी नहीं, लेकिन वे बंगाली नहीं थे, मगर बाँग्ला जानते थे और बखूबी जानते थे। बातों से पता चला कि वे शिमला से आ रहे थे।"

"और तीसरे सज्जन?"

"वे अधिकतर ऊपर की बर्थ पर लेटे रहे, सिर्फ लंच और डिनर के वक्त नीचे उतरे थे। वे भी बंगाली नहीं थे। दिल्ली से गाड़ी छूटने के बाद उन्होंने एक सेब मुझे देते हुए कहा था कि वह उनके बागीचे का है। शायद वे भी शिमला में रहते होंगे, वहीं उनका बागीचा होगा।"

"आपने वह सेब खाया था?"

"बिलकुल खाया था, बड़ा स्वादिष्ट था।"

"मतलब ट्रेन में आप अपना समय पर खाने-पीने वाला नियम नहीं मानते।" फेलू दा के होंठों पर शरारत की हँसी थी। सर्वनाश!

वे सज्जन ठहाका लगाकर हँसते हुए बोले, "देख रहा हूँ आपकी नजरों से बचना बेहद मुश्किल काम है। लेकिन आपने सही कहा, ट्रेन में समय-असमय वाले नियम को मन नहीं मानना चाहता।"

"एक्सक्यूज मी!" फेलू दा बोले, "आप लोग कौन कहाँ पर बैठे थे, अगर मैं जान पाता तो अच्छा होता।"

"मैं लोअर बर्थ पर बैठा था, मेरी ऊपर वाली बर्थ पर मिस्टर पाकड़ासी थे तथा उनके सामने की बर्थ पर सेब वाले सज्जन थे। नीचे थे वे गैर-बंगाली व्यवसायी।"

फेलू दा कुछ देर चुप रहे, फिर हाथ रगड़ने के बाद अपनी अँगुलियाँ चटकाकर बोले, "अगर आप बुरा न मानें तो मैं चाय के लिए कह दूँ। आपकी इच्छा हो तो पी लीजिएगा, अन्यथा मत पीजिएगा।"

फिर उन्होंने मुझसे कहा, "तोपसे, तू जरा फटाफट जाकर कह दे।"

मैं भागकर अन्दर जाकर श्रीनाथ को चाय के लिए कह आया। बैठक में लौटकर देखा, फेलू दा ने उस अटैची को खोल दिया था।

"ताला नहीं लगा था?" फेलू दा ने पूछा।

"नहीं, मेरी अटैची में भी नहीं लगा था। यानी जिसने भी लिया होगा, आसानी से खोलकर अन्दर देख सकता है। इस अटैची में खास कोई सामान है भी नहीं।"

वाकई ऐसा ही था। साबुन, कंघा, ब्रश, टूथब्रश, टूथपेस्ट, दाढ़ी बनाने का सामान, दो तहाए अखबार, एक पेपरबैक पुस्तक—इन सबके अलावा और कोई खास चीज नजर नहीं आई।

"आपकी अटैची में क्या कोई कीमती सामान भी था?" फेलू दा ने पूछा।

दीननाथ बाबू बोले, "नथिंग! इस अटैची में जो देख रहे हैं, इनसे कम कीमती सामान थे। बस हाथ से लिखी हुई एक यात्रा-संस्मरण की पांडुलिपि थी। ट्रेन में पढ़ने के लिए साथ रख ली थी। पढ़ने में मजा आ रहा था। उसमें तिब्बत की घटना लिखी थी।"

"तिब्बत की घटना?" फेलू दा का कुतूहल थोड़ा बढ़ गया।

"हाँ, वह सन् 1917 की लिखी हुई थी। उसके लेखक का नाम शम्भूचरण बोस था। उस पांडुलिपि को मेरे ताऊ जी लाए थे। दरअसल, वह मेरे ताऊ जी को ही समर्पित थी। मेरे ताऊ जी का नाम सतीनाथ लाहिड़ी है, जो काठमांडू में रहते थे। वे राणा-परिवार के प्राइवेट ट्यूटर थे। पैंतालीस साल पहले वे बीमार होकर लगभग अपाहिज अवस्था में अपने घर लौटे थे। उसके थोड़े ही दिनों बाद उनका देहान्त हो गया। उनके सामानों के साथ एक नेपाली बॉक्स भी था। घर के हमारे बॉक्स रूम के एक ताख के कोने में वह पड़ा था। उसके बारे में मुझे पता ही नहीं था। हाल ही में घर में तिलचट्टों और चूहों का उपद्रव काफी बढ़ जाने से पेस्ट कंट्रोल वालों को बुलाया गया था। इसी सिलसिले में उस बॉक्स को वहाँ से उतारना पड़ा था। उसी बॉक्स में वह पांडुलिपि मिली थी।"

"कब?"

"मेरे दिल्ली जाने से एक दिन पहले।"

फेलू दा अनमने-से लगे। वे कुछ बुदबुदा रहे थे—"शम्भूचरण! शम्भूचरण!!"

"खैर!" मिस्टर लाहिड़ी बोले, "वह रचना मेरे लिए खास मूल्यवान नहीं थी। सच कहें तो उस अटैची को वापस पाने के लिए मैं ज्यादा उत्साही भी नहीं था। और आप यह जो अटैची देख रहे हैं, इसके मालिक का भी पता लगने की उम्मीद नहीं है, यह सोचकर मैंने इसे अपने भतीजे को दे दिया था। लेकिन अचानक कल रात से मुझे लग रहा है, ये सब चीजें इतनी मूल्यवान जरूर नहीं हैं लेकिन इसके मालिक के लिए इनमें से कुछ चीजें बेशक कीमती हो सकती हैं। जैसे यह रूमाल है, इसमें कढ़ाई करके अँगरेजी का 'जी' अक्षर लिखा हुआ है। शायद वे इस रूमाल के मालिक की पत्नी होंगी। शायद अब वे भी जीवित न हों! यही सब बातें मेरे मन को खटकने लगीं। इसलिए आज मैं अपने भतीजे के कमरे से इस अटैची को लेकर यहाँ चला आया। सच बात तो यह है कि मेरी अटैची मुझे वापस मिले या न मिले, मुझे ज्यादा फर्क नहीं पड़नेवाला, लेकिन अगर यह अटैची इसके मालिक को लौटा सकूँ तो मुझे शान्ति मिलेगी।"

चाय आ गई थी। फेलू दा आजकल चाय को लेकर काफी संवेदनशील हो गए थे। यह चाय कार्सियाँग के मकईबाड़ी टी इस्टेट से मँगवाई गई थी। चाय की प्याली सामने आते ही जबरदस्त खुशबू भर जाती थी। चाय की चुस्की लेकर फेलू दा बोले, "गाड़ी में आपने अपनी अटैची क्या एकाधिक बार खोली थी?"

"केवल दो बार। सुबह दिल्ली से चढ़ने के बाद एक बार वह निकाली थी और रात को सोने से पहले उसे अन्दर रखा था।"

फेलू दा ने एक चारमीनार सिगरेट सुलगाई। दीननाथ बाबू सिगरेट नहीं पीते थे। धुएँ के दो छल्ले निकालते हुए फेलू दा बोले, "मैं इस अटैची को इसके मालिक को लौटाकर आपकी अटैची आप तक पहुँचा दूँ—आप यही चाहते हैं न!"

"आप निराश हो गए क्या? मामला बहुत ही बेरंग लग रहा है न?"

फेलू दा अपने दाहिने हाथ की अँगुलियों को बालों में फेरते हुए बोले, "नहीं, आपका सेंटीमेंट मैं समझ सकता हूँ। मेरे पास जिस तरह के मामले हैं, उन सबकी तुलना में इसकी अहमियत कम नहीं है। इसे मैं अस्वीकार नहीं कर सकता।"

दीननाथ बाबू आश्वस्त हुए। एक गहरी साँस लेकर बोले, "आपका राजी होना मेरे लिए बहुत मायने रखता है।"

फेलू दा बोले, "मैं पूरी कोशिश करूँगा। लेकिन आप समझ ही रहे होंगे, इस स्थिति में कोई गारंटी देना सम्भव नहीं है। खैर, अब मैं आपसे कुछ बातें जानना चाहता हूँ।"

"कहिए।"

फेलू दा तुरन्त उठकर बगल के अपने सोनेवाले कमरे से अपनी प्रसिद्ध हरी डायरी ले आए। एक पेंसिल लेकर उन्होंने सवाल पूछना शुरू कर दिया।

"आप किस तारीख को दिल्ली से रवाना हुए थे?"

"रविवार पाँच मार्च की सुबह। कोलकाता पहुँचा था अगले दिन सुबह साढ़े नौ बजे।"

"आज नौ तारीख है। मतलब आप परसों पहुँचे थे और कल शाम को आपने मुझे फोन किया था।"

फेलू दा ने उस अटैची के अन्दर से एक कोडक फिल्म का पीला डिब्बा निकालकर उसका ढक्कन जैसे ही घुमाया, उसमें से सुपारी के कुछ टुकड़े निकलकर मेज पर गिर गए। उनमें से एक टुकड़ा उठाकर मुँह में रखकर चबाते हुए उन्होंने पूछा, "आपके बक्से में क्या ऐसा कुछ था जिससे आपका नाम-पता मिल सके?"

"मुझे जहाँ तक याद है, उसमें ऐसा कुछ नहीं था।"

"हूँ...अब जरा अपने तीन सहयात्रियों का हुलिया बताइए। शायद इस मामले में आप कुछ मदद कर सकें।"

दीननाथ बाबू सिर उठाकर छत की तरफ कुछ देर देखकर बोले, "पाकड़ासी उम्र में हमसे थोड़े बड़े थे। उनकी उम्र साठ-पैंसठ वर्ष की रही होगी। बैकब्रश किए हुए कच्चे-पक्के बाल थे, आँखों में चश्मा था, आवाज थोड़ी कर्कश थी।"

"ठीक है।"

"जिन्होंने सेब दिया था, उनका रंग साफ था, दुबला-पतला चेहरा था, उनकी नाक तीखी थी। आँखों पर सोने का चश्मा था, चेहरा सफाचट था। सिर पर बाल नदारद थे। केवल कान के पास थोड़े-बहुत काले बाल थे। अँगरेजों की तरह अँगरेजी बोलते थे। उन्हें जुकाम था, बार-बार टिसू पेपर से नाक साफ कर रहे थे।"

"बाप-रे-बाप! ये तो बिलकुल साहब थे और तीसरे व्यक्ति?"

"उनका चेहरा जरा भी याद रखने लायक नहीं था। लेकिन वे पक्के वेजिटेरियन थे। वे ही एकमात्र व्यक्ति थे जिन्होंने लंच और डिनर दोनों में वेजिटेबल थाली मँगवाई थी।"

फेलू दा सारी बातें अपनी डायरी में दर्ज करते जा रहे थे, पूरा करने के बाद अपना सिर उठाकर बोले, "और कुछ?"

दीननाथ बाबू सिर हिलाकर बोले, "बताने लायक और कुछ तो याद नहीं आ रहा है। दिन में तो अधिकांश समय मेरा ध्यान पढ़ने में ही लगा था। रात में डिनर लेकर मैं जल्दी ही सो गया था। गाड़ी में आमतौर पर मुझे इतनी अच्छी नींद नहीं आती है मगर इस बार हावड़ा पहुँचने के बाद ही मेरी आँखें खुली थीं, वह भी पाकड़ासी के जगाने पर।"

"मतलब आप ही शायद सबसे बाद में उतरे थे।"

"जी, हाँ।"

"लिहाजा आपका बैग उससे पहले ही किसी दूसरे के पास चला गया था।"

"हाँ, ऐसा ही हुआ था।"

"ठीक है।" फेलू दा डायरी बन्द करके पेंसिल कमीज की जेब में रखकर बोले, "देखूँ, मैं क्या कर सकता हूँ।"

दीननाथ बाबू उठते-उठते बोले, "आपकी जो फीस है वह तो मैं दूँगा ही, इसके अतिरिक्त भी आपको, दो-चार जगह आना-जाना पड़ सकता है। छानबीन के खर्चे हैं, उसके लिए मैं आपको कुछ अतिरिक्त रुपये भी दिए देता हूँ।"

उन्होंने अपने कुरते की जेब से एक सफेद लिफाफा निकालकर फेलू दा की ओर बढ़ा दिया। फेलू दा ने भी विलायती शैली में 'ओह थैंक्स' कहकर उसे जेब में डाल लिया।

दरवाजा खोलकर गाड़ी की तरफ जाते-जाते वे सज्जन बोले, "मेरा फोन नम्बर आपको डायरेक्टरी में ही मिल जाएगा। कुछ पता चलते ही काइंडली मुझे खबर कीजिएगा या सीधे मेरे घर भी आ सकते हैं। शाम के वक्त आने पर मैं जरूर मिल जाऊँगा।"

पीले रंग की हिस्पानो सूइजा शंख की तरह गम्भीर हॉर्न बजाकर रास्ते में खड़ी भीड़ को चौंकाती हुई रासबिहारी एवेन्यू की तरफ चली गई। हम दोनों बैठक में वापस आ गए। जिस कुरसी पर वह व्यक्ति बैठे थे, उसी कुरसी पर बैठकर अपने पैर-पर-पैर रखकर फेलू दा बोले, "आज से पचीस साल बाद ऐसे रईसी मिजाज वाले व्यक्ति नहीं मिलेंगे।"

अटैची मेज पर ही रखी थी। फेलू दा ने उसके भीतर से एक-एक करके सारा सामान निकालकर बाहर बिखेर दिया। सभी मामूली चीजें थीं। कुल मिलाकर पचास रुपये का भी सामान होना मुश्किल था। फेलू दा बोले, "तू एक-एक करके बोलता जा, मैं लिखता जाऊँगा।" मैं एक-एक सामान मेज से उठाकर उनका नाम बताकर अटैची में रखने लगा। फेलू दा लिखते रहे। सूची इस तरह थी—

1. तहाये हुए दिल्ली के दो अखबार—एक 'संडे स्टेट्समैन', दूसरा 'संडे हिन्दुस्तान टाइम्स।'

2. आधा बचा बिनाका टूथपेस्ट। ट्यूब के नीचे का खाली हिस्सा फोल्ड करके ऊपर मोड़ दिया गया था।
3. एक हरे रंग का बिनाका टूथब्रश।
4. एक जिलेट सेफ्टी रेजर।
5. एक पैकेट में तीन थिन जिलेट ब्लेड।
6. एक समाप्तप्राय ओल्ड स्पाइस शेविंग क्रीम।
7. एक शेविंग ब्रश।
8. एक बहुत पुराना नेलक्लिप।
9. एक सेलोफिन के पत्ते में तीन एस्प्रो की गोलियाँ।
10. एक तहाया हुआ कोलकाता का नक्शा—खोलने पर जो लगभग चार फुट गुणे पाँच फुट हो जाता था।
11. एक टेक्का मार्का नई दियासलाई।
12. एक वीनस मार्का लाल-नीली पेंसिल।
13. एक कोडक फिल्म के डिब्बे में सुपारी के टुकड़े।
14. एक तह किया हुआ रूमाल, जिसके एक कोने में कढ़ाई करके अँगरेजी का 'जी' अक्षर लिखा था।
15. एक मुरादाबादी छुरी या पेन नाइफ।
16. एक मुँह पोछने वाला तौलिया।
17. एक जंग लगी सेफ्टीपिन।
18. तीन जंग लगी जेम्स क्लिप।
19. कमीज का बटन।
20. एक जासूसी उपन्यास—एलेरी क्वीन की 'द डोर बिटवीन।'

सूची बन जाने के बाद फेलू दा उस उपन्यास को उलट-पुलटकर बोले, "इसमें ह्वीलर कम्पनी का नाम लिखा है, लेकिन खरीदने वाले का नाम नहीं है। पन्ने मोड़कर पढ़ने की उस व्यक्ति की आदत है। कुल दो सौ छत्तीस पन्नों की किताब है। मोड़ने का आखिरी निशान

दो सौ बारह पन्ने पर है। मेरा अनुमान है कि उस सज्जन ने पूरी पढ़ ली होगी।"

किताब रखकर फेलू दा ने रूमाल पर ध्यान दिया।

उस व्यक्ति का नाम या उनकी पदवी का पहला अक्षर 'जी' होगा। सम्भवत: वह नाम का ही अक्षर रहा होगा क्योंकि ऐसा होना ही स्वाभाविक है।

अब फेलू दा ने कोलकाता का नक्शा खोलकर मेज पर बिछा दिया। उस नक्शे को देखते हुए उनकी नजर एक जगह टिक गई—"लाल पेंसिल के निशान...हूँ एक, दो, तीन, चार, पाँच जगहों पर...हूँ...चौरंगी... चौरंगी...पार्क स्ट्रीट...हूँ...ठीक है। तोपसे, जरा टेलिफोन डायरेक्टरी तो लाना।"

नक्शे को दोबारा मोड़कर अटैची में रखने के बाद डायरेक्टरी का पन्ना पलटते-पलटते फेलू दा बोले, "किस्मत अच्छी है कि उसका नाम पाकड़ासी है।" उसके बाद 'पी' अक्षर के एक पन्ने पर कुछ देर तक देखकर बोले, "कुल मिलाकर मात्र सोलह पाकड़ासियों के यहाँ फोन है। उनमें से दो डॉक्टर हैं। उन दोनों को हम हटा सकते हैं।"

"क्यों?"

"गाड़ी में उनके उस परिचित व्यक्ति ने उन्हें मिस्टर पाकड़ासी कहकर बुलाया था, डॉक्टर पाकड़ासी कहकर नहीं।"

"हाँ-हाँ, बिलकुल, ठीक-ठीक।"

फेलू दा फोन उठाकर डायल करने लगे। हर बार नम्बर मिलने के बाद पूछते मिस्टर पाकड़ासी दिल्ली से लौट आए हैं? और जवाब सुनने के बाद हर बार 'सॉरी' कहकर फोन रख देते। फिर दूसरा नम्बर डायल करते। पाँच बार ऐसा करने के बाद छठी बार शायद वांछित व्यक्ति का नम्बर मिला क्योंकि इस बार बातचीत कुछ लम्बी चली थी। धन्यवाद कहने के बाद फोन रखकर फेलू दा बोले, "आखिर मिल ही गए—एम.सी.

पाकड़ासी। उन्हीं से बात हुई। परसों सुबह कालका मेल में दिल्ली से लौटे हैं। सब कुछ तो ठीक-ठाक है मगर गड़बड़ी यह है कि उनकी अटैची नहीं बदली है।"

"तो फिर आपने उनसे रात में मिलने का समय क्यों तय किया?

"दूसरों के बारे में वह कुछ जानकारी तो दे सकते हैं। हालाँकि वे काफी रूखे मिजाज के व्यक्ति लग रहे थे। लेकिन मैं फेलू मित्र भी घबराने वाला व्यक्ति नहीं हूँ। तोपसे, चल निकल पड़ें।"

"मगर उनसे मिलने का समय तो शाम को है?"

"उसके पहले जरा सिधू ताऊ से मिलना जरूरी है।"

# दो

सिधू ताऊ से हम लोगों की सीधी कोई रिश्तेदारी नहीं थी। मेरे पैदा होने से पहले की बात है। पिता जी जब गाँव में रहते थे, सिधू ताऊ हम लोगों के पड़ोसी थे। इसी नाते वह पिता जी के बड़े भाई और हमारे ताऊ लगते थे। फेलू दा कहते हैं, सिधू ताऊ की तरह इतने विषयों पर इतना ज्ञान और इतनी आश्चर्यजनक स्मरण-शक्ति बहुत कम लोगों की होती है। फेलू दा सिधू ताऊ के पास क्यों आए थे, इसे उनका पहला सवाल सुनकर मैं समझ गया था—

"अच्छा, करीब साठ साल पहले शम्भूचरण नामक किसी यात्रा-कथा लिखने वाले लेखक को आप जानते हैं? वे अँगरेजी में लिखते थे।"

सिधू ताऊ आँख बड़ी-बड़ी करके बोले, "फेलू, क्या कह रहे हो, उनकी लिखी 'तराई' की कहानी वाली किताब तुमने नहीं पढ़ी है?"

"हाँ-हाँ, ठीक-ठीक, अब याद आ रहा है। यह नाम कुछ जाना-

पहचाना-सा लग रहा था, लेकिन वह किताब अब तक मेरे हाथ नहीं लग पाई है।"

"उस किताब का नाम था 'टेरर्स ऑफ तराई।' सन् 1915 में इंग्लैंड की 'कीगैन पॉल' कम्पनी ने वह पुस्तक छापी थी। शम्भूचरण बहुत अच्छे शिकारी और पर्यटक थे। लेकिन वे पेशे से डॉक्टर थे। वे काठमांडू में प्रैक्टिस करते थे। उस समय वहाँ राजा-वाजा का शासन नहीं था। राणा लोग ही वहाँ के सब कुछ थे। राणा परिवार की एक करीब-करीब लाइलाज बीमारी को शम्भूचरण ने ठीक किया था। उनकी पुस्तक में एक राणा का उल्लेख है—विजयेन्द्र शमशेरजंग बहादुर। वे शिकार के बहुत शौकीन थे, साथ ही शराबी भी थे। एक हाथ में बन्दूक और दूसरे हाथ में शराब की बोतल लेकर वह मचान पर बैठते थे। लेकिन शिकार सामने आते ही बन्दूक पर हाथ कस जाता था। लेकिन एक बार ऐसा नहीं हो सका था। गोली शेर को नहीं लगी। शेर ने मचान पर छलाँग लगा दी। पास ही दूसरे मचान पर शम्भूचरण बैठे थे। उन्हीं की बन्दूक से निकली अचूक गोली ने राणा को निश्चित मृत्यु के मुँह से बचा लिया था। राणा ने भी उन्हें एक अमूल्य रत्न देकर अपनी कृतज्ञता जताई थी। बड़ी थ्रिलिंग कहानी है, नेशनल लाइब्रेरी से मँगाकर पढ़ लेना। बाजार में आसानी से नहीं मिलेगी।"

"अच्छा, क्या वे कभी तिब्बत भी गए थे?" फेलू दा ने पूछा।

"जरूर गए थे। सन् इक्कीस में उनकी मृत्यु हुई थी। मैंने तब बी.ए. की परीक्षा दी थी। अखबार में उन पर एक छोटा लेख छपा था, उसमें लिखा था शम्भूचरण अवकाश पाने के बाद तिब्बत गए थे। लेकिन उनकी मृत्यु काठमांडू में हुई थी।"

"हूँ।"

फेलू दा कुछ देर खामोश रहे, फिर स्पष्ट शब्दों में धीरे-धीरे बोले, "अच्छा, मान लीजिए, आज अचानक पता चले कि उन्होंने तिब्बत पर एक लम्बा यात्रा-संस्मरण लिखा था, जो अप्रकाशित है तो क्या वह मूल्यवान नहीं होगा?"

"अरे बाप रे!" सिधू ताऊ का गंजा सिर उत्तेजना से हिलने लगा था। वे बोले, "तराई पढ़कर 'लंदन टाइम्स' ने कितनी तारीफ की थी, वह मुझे आज भी याद है! और केवल कहानी ही नहीं, शम्भूचरण की अँगरेजी भाषा भी बड़ी सहज और जानदार थी। एकदम स्फटिक की तरह स्वच्छ। उनकी कोई पांडुलिपि भी है क्या?"

"शायद।"

"अगर वह तुम्हारे हाथ लगे तो मुझे एक बार दिखाना और अगर कहीं नीलाम में बिकने की सूचना मिले तो भी मुझे बताना। मैं पाँच हजार तक बोली लगाने को तैयार हूँ।"

सिधू ताऊ के घर में गरम कोको पीकर बाहर निकलने के बाद मैंने फेलू दा से कहा, "मिस्टर लाहिड़ी की अटैची में एक ऐसी कीमती चीज है, और उन्हें पता ही नहीं है। उन्हें इसकी सूचना नहीं देंगे?"

फेलू दा बोले, "इतनी जल्दी भी क्या है! पहले देखूँ तो पानी का रुख किधर है। वैसे भी इस काम की जिम्मेदारी तो मेरी ही है। वैसे कुछ खास उत्साह नहीं महसूस कर पा रहा हूँ।"

नरेन्द्र पाकड़ासी का घर लैंसडाउन रोड पर था। देखने से ही पता चलता था कि मकान कम-से-कम चालीस साल पुराना था। फेलू दा ने मुझे समझा दिया था, किन बातों से मकान की उम्र का अन्दाजा लगाया जा सकता है। जैसे पचास साल पहले एक विशेष तरह की खिड़कियाँ होती थीं जो चालीस साल पहले के मकानों में नहीं होती थीं। इसके अतिरिक्त बरामदे की रेलिंग की डिजाइन, छत की दीवार, फाटक की डिजाइन, गाड़ी पोर्टिको के खम्भे—इन सब चीजों से मकान कितना पुराना है, इसका अन्दाजा लगाया जा सकता था। वह मकान निश्चित ही सन् 1920 से सन् 1930 के बीच बना होगा।

टैक्सी से उतरते ही पहले फाटक पर लटके लकड़ी के बोर्ड पर हमारी नजर गई, जिस पर लिखा था—'सावधान!' फेलू दा बोले, "'कुत्ते के मालिक से सावधान' भी लिख देना चाहिए।"

फाटक के अन्दर जाकर पोर्टिको में पहुँचते ही दरबान से भेंट हुई। फेलू दा ने उसे अपना विजिटिंग कार्ड थमा दिया, जिसमें अँगरेजी में लिखा था—'प्रदोष सी. मित्री, प्राइवेट इनवेस्टिगेटर।' कुछ ही मिनटों में दरबान वापस लौटकर बोला, "मालिक आप लोगों को अन्दर बुला रहे हैं।"

संगमरमर बिछी लैंडिंग को पार करने के बाद करीब दस फीट ऊँचे दरवाजे का परदा उठाकर हम लोग कमरे में दाखिल हुए। वह बैठक था। उस विशाल कमरे के तीनों तरफ ऊँची-ऊँची किताबों की अलमारियाँ किताबों से भरी थीं। इसके अतिरिक्त दूसरे फर्नीचर—कारपेट, दीवार पर तसवीर, छत पर फानूस आदि भी वहाँ थे। लेकिन इन सबके साथ साफ-सफाई की कमी और एक लापरवाही भी वहाँ नजर आ रही थी। घर की सफाई पर ज्यादा ध्यान नहीं दिया जाता होगा, देखने से पता चलता था।

हम बैठक के पीछे के कमरे में पाकड़ासी से मिले। मैं देखकर समझ गया था—यह उनका ऑफिस या स्टडी रूम रहा होगा। कानों में टाइप करने के शब्द भी पड़ रहे थे। अन्दर जाकर देखा, वे एक हरे रंग के रेक्सिन से ढकी काफी बड़ी मेज के पीछे, पुराने जमाने के बड़े-से टाइपराइटर के सामने बैठे थे। वह कमरे के दाहिनी तरफ रखा था। बाईं तरफ बैठने की व्यवस्था थी, तीन सोफे और एक नीची गोल मेज और उस मेज पर शतरंज की गोटियाँ सजी थीं। पास ही शतरंज की एक पुस्तक भी रखी थी। अन्त में जिस चीज पर हमारी नजर पड़ी, वह टेबिल के पीछे कारपेट पर दुबककर लेटा हुआ एक बड़ा कुत्ता था।

उस व्यक्ति का चेहरा दीननाथ बाबू के बताए विवरण से मिलता था, बस वे जो पाइप पी रहे थे, वही अतिरिक्त थी।

हमारे कमरे में जाते ही वे टाइपिंग बन्द करके एक बार हम लोगों की तरफ देखकर फेलू दा से बोले, "आप में से कौन मिस्टर मित्र हैं, आप या वे?"

शायद मजाक में ही पाकड़ासी ने यह प्रश्न किया होगा, लेकिन फेलू दा नहीं हँसे। सहजता से बोले, "जी मैं हूँ, और यह मेरा चचेरा भाई है।"

पाकड़ासी बोले, “मैं कैसे पहचानूँगा? गाना-बजाना, अभिनय, चित्रकारी यहाँ तक कि अध्यापन में भी बच्चों की इतनी प्रतिभा देखने को मिलती है तो फिर वे जासूसी में क्यों नहीं आगे हो सकते? खैर, जाने दीजिए, अब कहिए—किसी बात से मतलब न रखने वाले इस व्यक्ति को परेशान करने क्यों आए हैं?”

फेलू दा ने पहले फोन किया था इसलिए उनका मिजाज गरम था। मुझे लग रहा था चिड़चिड़ेपन की अगर कोई प्रतियोगिता होती तो ये सज्जन वर्ल्ड चैम्पियन होते।

मिस्टर लाहिड़ी ने आपका नाम बताया था। दिल्ली से कोलकाता के सफर में वे आपके साथ एक ही डिब्बे में आए थे—तीन दिन पहले...”

“और उन्हीं की अटैची गुम हो गई, कह रहे थे।”

“नहीं, किसी से बदल गया है, वे कह रहे थे।”

“पूरी लापरवाही, लेकिन उस बक्से को खोजने के लिए जासूस लगाने की जरूरत क्यों पड़ गई? कौन ऐसे हीरे-जवाहरात थे उसमें, सुनूँ जरा?”

“नहीं, उसमें ऐसा कुछ नहीं था, बस एक पुरानी पांडुलिपि थी

यात्रा-संस्मरण की। उसकी कोई दूसरी प्रति नहीं है।"

असली कारण बताने से पाकड़ासी जरा भी प्रभावित नहीं होते, शायद इसीलिए फेलू दा ने पांडुलिपि की बात कही थी।

"पांडुलिपि?" पाकड़ासी को जैसे यकीन नहीं हुआ।

"जी हाँ, शम्भूचरण बोस का लिखा यात्रा-संस्मरण। गाड़ी में बैठे-बैठे वह उसे पढ़ रहे थे, उनकी अटैची में वही पांडुलिपि थी।"

"केवल 'फूल' (बेवकूफ) नहीं, 'ही सीम्स टु बी ए लायर टू।' अखबार और बाँग्ला मासिक पत्रिका के अलावा उन सज्जन ने कुछ भी नहीं पढ़ा था। मेरा बर्थ ऊपर रूर था, लेकिन दिन में मैं नीचे उन्हीं के बर्थ की एक तरफ बैठा था। वे क्या पढ़ रहे थे, क्या नहीं; उस तरफ मेरा पूरा ध्यान था।"

फेलू दा चुप थे। थोड़ा रुककर वे सज्जन बोले, "जासूस होने के नाते आप क्या सोच रहे हैं, मैं नहीं जानता, लेकिन आपके मुँह से मैंने जितना सुना, उससे मामला काफी सन्देहास्पद लग रहा है। एनी वे, आप जंगली बतख पकड़ना चाहते हैं, पकड़िए; लेकिन मैं आपकी कोई मदद नहीं कर सकता। मैंने तो आपको फोन पर ही बता दिया था। एयर इंडिया की ऐसी तीन अटैचियाँ मेरे घर में पड़ी हैं। लेकिन इस बार ऐसी कोई अटैची मेरे पास नहीं थी इसलिए मैं आपकी कोई मदद नहीं कर सकता।"

"चार यात्रियों में से एक शायद आपके परिचित थे—है न?"

"कौन! हाँ, बृजमोहन, उसका लेन-देन का कारोबार है, मेरे साथ उसने भी पहले कुछ डीलिंग की थी।"

लेन-देन का मतलब ब्याज पर पैसे उधार देने का कारोबार।

फेलू दा बोले, "बृजमोहन के पास भी क्या वैसी ही अटैची थी?"

"यह मैं कैसे जान सकता हूँ, बताइए!"

इसके बाद वे सज्जन फेलू दा से आपके बजाय तुम कहकर बात करने लगे। फेलू दा बोले, "आप क्या उस व्यक्ति का पता बता सकते हैं?"

"डायरेक्टरी में देख लेना।" मिस्टर पाकड़ासी बोले, "एस. एम. केडिया एंड कम्पनी। एस. एम., बृजमोहन के पिता हैं, धर्मतला में लेनिन सरणी में दफ्तर है। लेकिन तुम जो कह रहे हो, एक के साथ परिचय था, ऐसा नहीं, मैं तीन में से दो व्यक्तियों को जानता हूँ।"

फेलू दा ने हैरानी से पूछा, "दूसरा व्यक्ति कौन था?"

"दीननाथ लाहिड़ी। किसी समय रेस के मैदान में उसे देखता था। एक बार परिचय हुआ था। पहले बहुत लायक था। सुना है इन दिनों थोड़ा भद्र-सभ्य हो गया है, दिल्ली में अपना गुरु भी बना लिया है। सच या झूठ नहीं जानता।"

"और तीसरे यात्री कैसे थे?"

मैं समझ गया, फेलू दा अधिक-से-अधिक जानकारी हासिल करने की कोशिश कर रहे थे।

"यह क्या, आप तो मुझसे जिरह करने लगे।" वे सज्जन पाइप मुँह में दबाकर खीजते हुए बोले।

"जी नहीं, आप घर में बैठकर अकेले-अकेले शतरंज खेलते हैं, आपका दिमाग तेज है, आपकी याददाश्त काफी अच्छी है, यह सोचकर पूछ रहा हूँ।"

शायद पाकड़ासी साहब का दिमाग कुछ ठंडा हुआ। अपना गला खखारकर बोले, "शतरंज का मुझे जबरदस्त नशा है। जो मेरे इस खेल के संगी थे वे तो अब रहे नहीं, इसलिए अब मैं अकेले ही खेलता हूँ।"

"रोज खेलते हैं?"

"हाँ, डेली खेलता हूँ। उसका एक कारण मेरा अनिद्रा रोग है। रात के तीन बजे तक इसी में व्यस्त रहता हूँ।"

"नींद की गोली नहीं लेते?"

"लेता हूँ लेकिन ज्यादा असर नहीं करती। इससे ऐसा भी नहीं कि मेरी तबीयत खराब हो रही है। मैं तीन बजे सोता हूँ और आठ बजे उठ जाता हूँ। इस उम्र में पाँच घंटे की नींद 'इनफ' है।"

"टाइपिंग भी क्या आपका नशा है?" फेलू दा अपनी दबी मुस्कान से बोले।

"नहीं, वह तो मैं कभी-कभी करता हूँ। सेक्रेटरी रखकर देख चुका हूँ, सब कामचोर हैं। खैर, छोड़िए। आप तीसरे यात्री के बारे में जानना चाहते थे न। उनका चेहरा सफाचट और सिर गंजा था। वे बंगाली नहीं थे। अँगरेजी अच्छा बोलते थे। मुझे एक सेब ऑफर कर रहे थे। मैंने नहीं लिया था। और कुछ, मेरी उम्र तिरपन साल है, मेरे कुत्ते की उम्र साढ़े तीन साल है, वह बॉक्सर हाउंड नस्ल का है। मेरे कमरे में कोई बाहरी आदमी आधे घंटे से ज्यादा समय रहे, यह उसे नापसन्द है, लिहाजा..."

"इंटरेस्टिंग व्यक्ति हैं।" फेलू दा ने टिप्पणी की। हम लोग लैंसडाउन रोड से निकलकर दक्षिण की तरफ न जाकर उत्तर की तरफ क्यों जा रहे थे, और हमारे सामने से दो खाली टैक्सियाँ निकल जाने के बावजूद फेलू दा ने उन्हें क्यों नहीं रोका था, यह मैं नहीं जानता, लेकिन मुझे एक खयाल आ रहा था, वह फेलू दा से कहे बिना रह नहीं पाया।

"अच्छा, दीननाथ बाबू ने पाकड़ासी की उम्र साठ से अधिक बताई थी लेकिन पाकड़ासी ने अपनी उम्र तिरपन बताई है और वे पचास से ज्यादा के दिख भी नहीं रहे थे, यह कैसी बात हुई?"

फेलू दा बोले, "इससे यही साबित होता है, दीननाथ बाबू का 'ऑब्जर्वेशन' ठीक नहीं है।"

और दो मिनट चलने के बाद हम लोग लोअर सर्कुलर रोड पहुँच गए थे। फेलू दा बाईं तरफ मुड़ गए। मैंने कहा, "उस दिन की डकैती की खोज-पड़ताल करने जा रहे हैं क्या? परसों के अखबार में खबर छपी थी कि लोअर सर्कुलर रोड पर हिन्दुस्तान इंटरनेशनल होटल के पास किसी गहने की दुकान में तीन नकाबपोश रिवॉल्वरधारी बदमाश घुसकर अन्धाधुन्ध गोलियाँ चलाते हुए खूब सारे कीमती हीरे-जवाहरात लेकर काली एम्बेसेडर में भाग गए।" इस खबर को पढ़ने के बाद फेलू दा ने कहा था, "इस तरह के किसी दुस्साहसिक अपराध की जासूसी करने का मौका मिलता तो

कितना अच्छा होता।" मैंने सोचा, फेलू दा शायद अपने आप ही उसकी छानबीन करने निकल पड़े हैं।

लेकिन फेलू दा ने मेरी बात सुनी ही नहीं। उन्हें देखकर लग रहा था, वे वॉकिंग एक्सरसाइज करने निकले हैं। इसलिए चलने के अतिरिक्त किसी तरफ उनका ध्यान नहीं था। लेकिन एक मिनट चलने के बाद वे बाईं ओर मुड़कर सीधे हिन्दुस्तान इंटरनेशनल होटल के भीतर चले गए। मैं भी उनके पीछे-पीछे लगा था।

फेलू दा सीधे रिसेप्शन काउंटर पर जाकर बोले, "आपके होटल में छह मार्च की सुबह कोई गेस्ट आए थे, जिनके नाम का पहला अक्षर 'जी' है?"

उनका सवाल सुनकर मुझे खयाल आया—बृजमोहन या नरेश पाकड़ासी किसी का नाम 'जी' अक्षर से शुरू नहीं होता, बस उन सेब वाले सज्जन का नाम रह जाता है।

रिसेप्शन में बैठे व्यक्ति ने रजिस्टर देखकर कहा, "दो साहब का नाम 'जी' अक्षर से शुरू होता है—गेराल्ड प्रैटली और जी.आर. होम्स। ये दोनों विदेश से आए थे।"

"थैन्क्स यू!" कहकर फेलू दा वहाँ से चले आए।

बाहर निकलकर हम लोगों ने एक टैक्सी ले ली। "पार्क होटल चलिए।" कहकर एक चारमीनार सिगरेट सुलगाकर फेलू दा बोले, "नक्शे के लाल निशानों पर अगर गौर करता तो देखता वे निशान अलग-अलग होटलों के नीचे लगाए गए हैं, इसलिए कोलकाता पहुँचकर होटल में ठहरना ही उनके लिए स्वाभाविक है। अच्छे होटलों में हिन्दुस्तान इंटरनेशनल, पार्क होटल, ग्रेट ईस्टर्न होटल, रिट्ज कांटिनेंटल आदि हैं। निशान भी उन्हीं पाँच जगहों पर हैं। हमारे रास्ते में पार्क होटल पहले आता है, लिहाजा हम वहीं जा रहे हैं।"

पार्क होटल में छह तारीख को 'जी' अक्षर से नाम शुरू होनेवाला कोई नहीं आया था। लेकिन ग्रैंड होटल में जाकर उत्साहजनक खबर मिली।

वहाँ पर एक बंगाली रिसेप्शनिस्ट से फेलू दा की जान-पहचान थी। सज्जन का नाम दासगुप्ता था। उन्होंने रजिस्टर खोलकर दिखाया—छह मार्च की सुबह पाँच व्यक्ति वहाँ पहुँचे थे, उनमें से एक भारतीय थे, जो शिमला के रहने वाले थे। उनका नाम था जी.सी. धमीजा।

"वे क्या अभी भी इसी होटल में ठहरे हैं?" फेलू दा ने जानना चाहा।

"नो सर! कल सुबह ही वे चेक-आउट कर गए हैं।"

मेरे मन में भी उम्मीद की जो थोड़ी रोशनी नजर आई थी, एकदम बुझ गई।

फेलू दा की भौंहें सिकुड़ गई थीं—फिर भी उन्होंने पूछा, "वे कितने नम्बर कमरे में थे?"

"दो सौ सोलह।"

"वह कमरा क्या अभी भी खाली है?"

"जी हाँ! आज शाम के लिए बुक है, लेकिन इस समय खाली है।"

"उस कमरे के बेयरा से कुछ बातें कर सकता हूँ?"

"सर्टेनली। मैं आपके साथ एक आदमी कर देता हूँ, वही आपको रूम बॉय से मिलवा देगा।"

लिफ्ट से पहली मंजिल पर पहुँचने के बाद एक लम्बे बरामदे से काफी दूर जाने के बाद दो सौ सोलह नम्बर कमरा पड़ता था। रूम बॉय मिल गया था। फेलू दा उसके साथ कमरे के अन्दर गए, फिर एक-दो चक्कर काटने के बाद उन्होंने पूछा, "कल जो सज्जन रुके थे, उनकी बात याद है?"

"जी साहब।"

"अच्छी तरह सोचकर बताओ, उनके साथ क्या-क्या सामान था?"

"एक काले रंग का बड़ा सूटकेस था और एक छोटी अटैची।"

"नीले रंग की अटैची?"

"जी साहब! मैं जब फ्लास्क में पानी लेकर कमरे में आया तब साहब को देखा तो वे छोटी अटैची खोलकर सारी चीजें बाहर निकालकर

बिस्तर पर फैलाए हुए थे। मुझे लगा, साहब कुछ ढूँढ़ रहे थे।"

"वेरी गुड! बाबू के पास सेब भी थे या नहीं?"

"हाँ, बाबू के पास तीन सेब थे। वे प्लेट में रखे थे।"

"बाबू का चेहरा कैसा था?" पूछने पर बॉय ने जैसा बताया, उस तरह के चेहरे के कम-से-कम एक लाख व्यक्ति कोलकाता में मिल जाएँगे।

खैर, ग्रैंड होटल में आकर एक बड़ा काम पूरा हुआ। दीननाथ बाबू की अटैची जिनके साथ बदल गई थी, उनका नाम और पता दोनों मिल गया। उनका पता मिस्टर दासगुप्त ने एक पुरजे पर लिख रखा था। उन्होंने उसे फेलू दा को दे दिया। वह पता था—जी.सी. धमीजा, द नुक, वाइल्ड फ्लावर हॉल, शिमला।"

# तीन

"चाचाजी कहीं गए हैं, सात बजे तक लौटेंगे।" दीननाथ जी के भतीजे ने कहा।

ग्रैंड होटल से निकलकर न्यू एम्पायर के सामने की दुकान से एक मीठा पान खरीदकर हम लोग सीधे रंजन स्ट्रीट में दीननाथ जी के घर पहुँचे। आज की प्रगति की रिपोर्ट उन्हें देनी थी। घर के फाटक के अन्दर जाकर बाईं तरफ एक-के-बाद-एक चार गैराज थे। उनमें से तीन खाली थे और एक गैराज में एक और पुराने मॉडल की विचित्र गाड़ी खड़ी थी। फेलू दा बोले, "यह इटालियन गाड़ी है, जिसका नाम लागंडा है।"

दरबान को कार्ड देने के एक मिनट के भीतर एक सज्जन बाहर आए। वे तीस से कम उम्र के लग रहे थे। कद साधारण, रंग दीननाथ जी की तरह गोरा, बाल बिखरे हुए, पीछे की तरफ लम्बे, कान के दोनों तरफ

लम्बी जुल्फें थीं, आजकल बहुत से लोग ऐसी जुल्फें रखते हैं। वह एकटक फेलू दा को देख रहे थे।

फेलू दा बोले, "हम लोग जरा बैठ सकते हैं? उनसे कुछ जरूरी काम था।"

"आइए..."

उन सज्जन ने हम लोगों को बैठक में ले जाकर बैठाया, वहाँ दीवार और फर्श पर बाघ-भालू के खालों की भरमार थी। दीननाथ जी के ताऊ जी भी क्या शिकारी थे! शायद शिकारी होने के कारण ही शम्भूचरण के साथ उनकी घनिष्ठता रही होगी।

"चाचाजी शाम के समय टहलने जाते हैं, अभी आ जाएँगे।" उनकी आवाज जरूरत से ज्यादा पतली थी। क्या इन्हीं को दीननाथ जी ने धमीजा की अटैची दी थी?

"आप क्या वही फेलू मित्र हैं, जिन्होंने 'सोने के किले' का रहस्य खोजा था?" उस युवक ने पूछा।

फेलू दा 'हाँ' कहकर परम इत्मीनान से टाँग-पर-टाँग चढ़ाकर आराम से सोफे पर बैठ गए। मुझे न जाने क्यों उन सज्जन का चेहरा जाना-पहचाना लग रहा था। हालाँकि मैं वजह समझ नहीं पा रहा था। अन्त में सोचा, अन्दाज लगाने में हरज क्या है।

मैंने पूछा, "आपने क्या किसी फिल्म में काम किया है?"

उस युवक ने गला फाड़कर कहा, "हाँ, 'अशरीरी' में—जो एक थ्रिलर है, विलेन की भूमिका निभाई है। हालाँकि फिल्म अभी रिलीज नहीं हुई है।"

"आपका नाम क्या है?"

"असली नाम प्रवीर लाहिड़ी है। फिल्म में अमर कुमार।"

"हाँ, हाँ—अमर कुमार—याद आ गया।"

किसी फिल्मी पत्रिका में उनका फोटो देखा था। मगर उनकी आवाज

इतनी पतली है, इन्होंने विलेन का रोल कैसे किया होगा?

"अभिनय क्या आपका पेशा है?"

यह सवाल फेलू दा का था। वे कुरसी पर न बैठकर खड़े क्यों थे, मैं समझ नहीं पाया।

"चाचा के प्लास्टिक के कारखाने में बैठना पड़ता है। लेकिन मेरी रुचि अभिनय में ही ज्यादा है।"

"चाचाजी क्या करते हैं?"

"चाचाजी की कोई रुचि नहीं है।"

"क्यों?"

"वैसे ही।"

प्रवीर बाबू ने मुँह बिगाड़ लिया। मैं समझ गया, अभिनय को लेकर उनका अपने चाचाजी से मतभेद हुआ होगा।

"मुझे एक बात पूछनी थी।" वे सज्जन अपने व्यवहार से थोड़े चिड़चिड़े लगे, शायद इसीलिए फेलू दा विनम्रता से बातें कर रहे थे।

प्रवीर बाबू बोले, "आपके प्रश्नों का जवाब देने में मुझे कोई आपत्ति नहीं है। लेकिन चाचाजी के बारे में कुछ कहना..."

"आपके चाचाजी ने क्या आपको एयर इंडिया की कोई अटैची दी थी?"

"हाँ, लेकिन देख रहा हूँ किसी ने चुरा ली है। हमारे यहाँ एक नया नौकर..."

फेलू दा हँसते हुए हाथ उठाकर प्रवीर बाबू को रोकते हुए बोले, "नहीं-नहीं, किसी नए नौकर ने आपकी अटैची नहीं चुराई है, वह मेरे पास है।"

"आपके पास?" प्रवीर बाबू हैरान हो गए।

"हाँ। आपके चाचाजी ने अचानक तय किया है, यह जिसकी अटैची है, उसे वापस कर देनी चाहिए और उसकी जिम्मेदारी मुझे सौंपी है, अब सवाल यह है—आपने क्या उसमें से कोई सामान निकाला है?"

"निकाला तो है, देखिए..."

प्रवीर बाबू ने जेब से एक डॉट पेन निकालकर दिखाया, फिर बोले, "ब्लेड और शेविंग क्रीम भी इस्तेमाल करने की इच्छा थी, लेकिन उसका मौका ही नहीं मिला।"

"लेकिन प्रवीर बाबू, आप समझ ही रहे हैं, अगर अटैची लौटानी है तो पूरे सामान के साथ ही लौटानी पड़ेगी। एकदम इनटैक्ट।"

"नेचुरली!"

प्रवीर बाबू ने वह डॉट पेन फेलू दा की तरफ बढ़ा दिया, फेलू दा ने धन्यवाद कहकर उसे अपनी जेब में रख लिया लेकिन अपने चाचा से उनकी नाराजगी खत्म नहीं हुई थी। बोले, "उन्होंने जब वह मुझे दे ही दिया था, उसको लेते समय एक बार..."

प्रवीर बाबू की बात पूरी नहीं हुई थी, इतने में दीननाथ बाबू की गाड़ी के गूँजते हॉर्न की आवाज सुनते ही फिल्मी विलेन अमर बाबू चुपचाप कमरे से बाहर चले गए।

"ओ हो—आप लोग आए हैं?"

दीननाथ बाबू कमरे में आकर बेहद लज्जित भाव से गरदन झुकाकर नमस्कार की मुद्रा में दोनों हाथ जोड़कर हमारी तरफ आ गए। हम दोनों खड़े हो गए थे। वे हड़बड़ाते हुए बोले, "बैठिए, बैठिए, प्लीज! आप लोगों को बेवक्त चाय पीने में जरूर कोई आपत्ति नहीं है—अरे कौन है?"

नौकर को चाय बनाने के लिए कहकर हमारे साथ वाले सोफे पर बैठते हुए बोले, "कहिए, क्या खबर है?"

फेलू दा बोले, "आपका बैग आपके कम्पार्टमेंट के उन सेब वाले सज्जन के साथ बदल गया है। उनका नाम है जी.सी. धमीजा।"

दीननाथ जी चमत्कृत होकर बोले, "आपने एक ही दिन के भीतर उन सज्जन का नाम भी पता लगा लिया, कोई जादू है क्या?"

फेलू दा अपनी रहस्यमयी मुस्कान बिखेरकर बोले, "वे सज्जन

शिमला में रहते हैं, पता भी मिल गया है। ग्रैंड होटल में आए थे। उन्हें तीन दिन रहना था लेकिन दो दिन बाद ही वे चले गए।"

"चले गए?" दीननाथ बाबू कुछ हताश-से बोले।

"जी हाँ, उन्होंने होटल छोड़ दिया है। शिमला वापस चले गए हैं या नहीं, कह नहीं सकता, लेकिन शिमला में उनके पते पर एक तार भेजकर इसका पता लगाया जा सकता है।"

दीननाथ जी कुछ देर चिन्तित मुद्रा में खामोश रहने के बाद बोले, "आप एक काम कीजिए। हालाँकि तार मैं आज ही भेज देता हूँ, लेकिन मान लीजिए, पता चलता है कि वह शिमला लौट गए हैं एवं मेरी अटैची भी उनके पास है, तो मामला तो यहीं खतम नहीं हो जाता है। उनकी अटैची तो उन्हें वापस करनी होगी।"

"हाँ-हाँ, वापस तो करनी ही है। और उस यात्रा-संस्मरण के बारे में मेरा कुतूहल भी है। इसके लिए आपकी अटैची भी तो वापस लानी होगी।"

"वेरी गुड! मैं आपका पूरा खर्चा दूँगा। आप एक बार जल्दी से शिमला घूम आइए। मैं तो कहता हूँ आप अपने भाई को भी अपने साथ ले जाइए। शिमला में इस मौसम में बर्फ गिरती है, जानते ही होंगे। कभी अपने सामने बर्फ गिरते देखा है खोका?"

किसी और वक्त खोका कहने से मुझे गुस्सा आता लेकिन शिमला जाने का मौका मिल रहा था, यह सोचकर मैंने उसे अनसुना कर दिया। मेरा दिल तेजी से धड़कने लगा था।

फेलू दा का जवाब सुनकर मुझे बहुत बुरा लगा। फेलू दा बोले, "एक बात आप सोच लीजिए मिस्टर लाहिड़ी, अब आप अगर चाहें तो दूसरे किसी व्यक्ति को भी शिमला भेज सकते हैं। उनकी अटैची वापस करके आपकी ले आना—इसके अतिरिक्त तो और कोई काम नहीं है! तो फिर..."

"नहीं-नहीं, नहीं लाहिड़ी बाबू!" उन्होंने अपनी बात पर जोर देकर

कहा, "आपकी तरह भरोसेमन्द व्यक्ति कहाँ मिलेगा? फिर शुरू जब आपके हाथों हुआ है, तो इसका समापन भी आप ही कीजिए।"

"क्यों, आपका भतीजा?"

दीननाथ बाबू निराश हो गए, बोले, "उसे अपनी जिम्मेदारी का अहसास नहीं है। न जाने किस बाँग्ला फिल्म में नाम लिखाकर एक्टिंग कर आया है। आप ही जरा सोचिए, वह कोई स्थिर दिमागवाला व्यक्ति नहीं है।

"नहीं, उस भतीजे-वतीजे से काम नहीं होगा। आप को ही जाना पड़ेगा।

"हमारा एक परिचित ट्रेवेल एजेंट है, आपके टिकट वगैरह का पूरा इन्तजाम कर देगा। आप जाकर काम पूरा करके चार दिन आराम कर वापस आइए। आपकी तरह महान व्यक्ति के लिए इतना कर पाने में मुझे खुशी होगी। इन चन्द घंटों में आपने जो कर दिखाया—रियली रिमार्केबल!"

चाय आ गई थी, साथ में कुछ नाश्ता भी। फेलू दा चॉकलेट केक का एक टुकड़ा उठाकर बोले, "एक चीज देखने का बड़ा कुतूहल हो रहा है। जिस नेपाली बक्से में आपको वह पांडुलिपि मिली थी, उस बक्से को क्या मैं देख सकता हूँ। कोई दिक्कत तो नहीं है?"

"यह तो बहुत मामूली बात है, मैं अभी मँगाए देता हूँ।"

जो नौकर चाय लेकर आया था, वही वह बॉक्स ले आया। वह एक हाथ लम्बी, दस इंच ऊँची लगभग चौकोर लकड़ी का बॉक्स था, जिस पर ताँबे की चादर चढ़ी थी और लाल, नीले, पीले पत्थर से डिजाइन बने थे। उसे खोलते ही एक महक आई, जिसे आज ही थोड़ी देर पहले एक बार और महसूस किया था।

नरेश पाकड़ासी के दफ्तर में धूल, पुराने फर्नीचर, और पुराने परदे—सबमें ऐसी ही गन्ध थी।

दीननाथ बाबू बोले, "आप यह जो दो खाने देख रहे हैं, इसके

ऊपरी खाने में ही वह पांडुलिपि एक नेपाली अखबार में लिपटी रखी थी।"

फेलू दा बोले, "देख रहा हूँ, बक्से में सामान भरा पड़ा है।"

दीननाथ बाबू बोले, "हाँ, इसे एक छोटी-मोटी क्यूरिओ शॉप कह सकते हैं, यह इतना गन्दा है कि टटोलकर देखने की मेरी इच्छा नहीं हुई।"

फेलू दा ऊपर के हिस्से को बाहर निकालकर अन्दर का सामान देख रहे थे। पत्थर की माला, पीतल की नक्काशीदार चकत्ती, रोल किया हुआ तेल चिट्टा, ताखो, दो-चार अपरिचित दवाइयों की खाली बोतलें,

दो मोमबत्तियाँ, एक छोटी घंटी, न जाने किसकी एक हड्डी, दो-तीन छोटी-छोटी कटोरियाँ, कुछ जड़ी-बूटियाँ, एक सूखा फूल—कुल मिलाकर सचमुच ही यह किसी क्यूरिओ की दुकान लग रही थी।

फेलू दा बोले, "यह बॉक्स आपके ताऊ जी का ही है क्या?"

"उनके साथ ही आया था। लिहाजा..."

"काठमांडू से कब लौटे थे आपके ताऊ जी?"

"ट्वंटीथ्री (सन् 1923) में, तब मैं सात साल का था।"

"वेरी इंटरेस्टिंग!" कहकर चाय की चुस्की लगाकर फेलू दा उठते हुए बोले, "ठीक है, जब आप कह रहे हैं तो हम लोगों को शिमला जाना ही पड़ेगा। कल तो नहीं रवाना हो पाएँगे क्योंकि हम दोनों को ही गरम कपड़े लॉन्ड्री से लाने होंगे। परसों कालका मेल से निकल सकते हैं। लेकिन आप मिस्टर धमीजा को तार जरूर भेज दीजिएगा।"

साढ़े आठ बजे के करीब दीननाथ बाबू के घर से लौटकर देखा, बैठक में 'जटायु' बैठे थे। उनके हाथ में एक ब्राउन कागज का पैकेट था। हम लोगों को देखकर हँसते हुए पूछा, "फिल्म देखकर आ रहे हैं क्या?"

## चार

जटायु ख्यातिप्राप्त रोमांचक कहानीकार लालमोहन गाँगुली का उपनाम है। 'सोने का किला' अभियान के दौरान उनसे परिचय हुआ था। एक तरह के लोग होते हैं, जिनके चुपचाप बैठे रहने से भी उन्हें देखकर हँसी आती है। लालमोहन बाबू उसी किस्म के व्यक्ति थे। कद में वे फेलू दा के कन्धे के बराबर थे। पाँच नम्बर का जूता पहनते थे। शरीर सिकुड़ा होने के बावजूद दाहिना हाथ कुहनी से मोड़कर बाएँ हाथ से कोट के आस्तीन के भीतर अपने बल्ले दबाकर देख लेते थे और दूसरे ही क्षण बाहर के कमरे से किसी के छींकने की आवाज सुनकर घबरा भी जाते थे।

"आपके और श्रीमान तोपसे के लिए अपनी पुस्तक ले आया हूँ।"

यह कहकर उन्होंने वह लिफाफा फेलू दा को दे दिया। 'सोने

का किला' की घटना के बाद से वे महीने में लगभग तीन बार हमारे यहाँ आया ही करते थे।

"यह किस देश पर लिखा है?" फेलू दा ने पैकेट खोलते हुए पूछा।

इसमें लगभग पूरी दुनिया को कवर किया गया है—फ्रॉम सुमात्रा टु सुमेरु।

"इस बार तथ्य में कोई गलती तो नहीं है?" फेलू दा ने पुस्तक को उलट-पुलटकर मुझे दे दिया। इससे पहले अपनी 'सहारा में सिहरन' पुस्तक में ऊँट के पानी पीने के बारे में एक बेसिर-पैर की बात लिख दी थी लालमोहन बाबू ने, बाद में फेलू दा ने उसे सुधार दिया था।

वे बोले, "नो सर! हमारे गरपार रोड में बदन बैनर्जी के घर में एनसाइक्लोपीडिया ब्रिटानिया का पूरा सेट है। एक-एक फैक्ट देखकर मिला लिया है।"

फेलू दा ने कहा, "ब्रिटानिया न देखकर ब्रिटानिका देख लिया होता तो और निश्चिन्त हो जाता।" मगर उनकी बात को अनसुनी करते हुए लालमोहन बाबू बोले जा रहे थे—"इसमें जबरदस्त क्लाइमैक्स है, पढ़कर देखिएगा—मेरे हीरो प्रखर रुद्र के साथ जल-हस्ती का युद्ध।"

"जल-हस्ती?"

"बड़ा रोमांचक है। पढ़कर तो जरा देखिए।"

"लड़ाई कहाँ होती है?"

"क्यों, नॉर्थ पोल (उत्तरी ध्रुव) में। आखिर जल-हस्ती का मामला है।"

"नॉर्थ पोल में जल-हस्ती?"

"आप भी क्या कह रहे हैं, आपने फोटो में नहीं देखा है? झाड़ू की सींक की तरह लम्बी-लम्बी मूँछें, मूली की तरह बाहर निकले हुए दो दाँत, थपथप करके बर्फ के ऊपर चलता है..."

"वह तो सिन्धु घोटक है, जिसे अँगरेजी में वालरस कहते हैं।

जल-हस्ती तो हिपोपोटैमस है—दरियाई घोड़ा, वह अफ्रीकी जीव है।"

जटायु की जीभ शर्म से लाल होकर दो इंच बाहर निकल आई।

"अरे छि:-छि:, छि:-छि: बैड मिस्टेक। घोड़ा और हाथी में गड़बड़ हो गया है। पानी और सिन्धु तो लगभग एक ही है। अँगरेजी तो मैं करेक्ट जानता था, अब से छपवाने से पहले पांडुलिपि एक बार आपको दिखा दिया करूँगा।"

"अभी आता हूँ।" कहकर फेलू दा के अन्दर चले जाने के बाद मुझे अकेला पाकर वे सज्जन बोले, "तुम्हारे भैया आज थोड़ा गम्भीर लग रहे हैं। कोई नया केस मिला है क्या?"

मैंने कहा, "नहीं, ऐसी कोई बात नहीं है, लेकिन किसी काम के लिए हम लोगों को शिमला जाना पड़ रहा है।"

"शिमला, कब?"

"शायद परसों।"

"लॉन्ग टूर?"

"नहीं, सिर्फ चार दिनों के लिए।"

"ओह, मैं भी उधर कभी गया नहीं।" कहकर वे थोड़ा अनमने हो गए।

फेलू दा के वापस आने के बाद वे फिर से सहज होकर बैठ गए। बोले, "पता चला, आप लोग शिमला जा रहे हैं। क्या कोई जासूसी मामला है?"

"ठीक-ठीक जासूसी नहीं। दो सज्जनों की अटैची बदल गई। समझ लीजिए, श्याम की अटैची लेकर श्याम को देनी है और राम की अटैची उससे लेकर राम को देनी है।"

"अरे बाप रे, पूरा अटैची-रहस्य है?"

"अभी से रहस्य नहीं कहा जा सकता, लेकिन दो-चार सामान्य बातें जरूर खटकती हैं।"

"देखिए सर!" जटायु रोकते हुए बोले, "इन कुछ महीनों में मैं आपको अच्छी तरह से पहचान गया हूँ। मेरी धारणा है कि इसमें कुछ खास बात न होने से आप इस केस में हाथ नहीं देते। सच-सच बताइए, बात क्या है?"

फेलू दा की बातों से समझ गया था इस स्टेज में वे लालमोहन बाबू को खुलकर कुछ बताना नहीं चाहते। वे बोले, "कौन सच कह रहा है, या सच को छुपा रहा है, कौन झूठ बोल रहा है—ये बातें पूरी तरह स्पष्ट होने से पहले कुछ भी कहना सम्भव नहीं है। लेकिन कुछ तो गड़बड़ है यह..."

"बस-बस...!" जटायु की आँखें चमक उठीं, "तो कहिए, आपकी अनुमति मिले तो आपके साथ चिपक जाऊँ।"

"ठंड बर्दाश्त कर लेते हैं?"

"ठंड! लास्ट इयर दार्जिलिंग गया था।"

"किस मौसम में?"

"मई महीने में।"

"शिमला में इस वक्त बर्फ गिर रही है।"

जटायु हैरानी से कुरसी छोड़कर खड़े हो गए। बोले, "क्या कह रहे हैं आप? बर्फ? पिछली बार डेजर्ट और अब स्नो? फ्रॉम द फ्राइंग पैन टु फ्रिजिडेयर? मैं तो सोच भी नहीं पा रहा हूँ सर।"

"काफी खर्च का मामला है।"

हालाँकि फेलू दा इन बातों से जटायु को निरुत्साहित करने की कोशिश कर रहे थे, लेकिन वे भी कहाँ मानने वाले थे, 'हा-हा' करके विलेन की तरह हँसकर बोले, "खर्च का डर क्यों दिखा रहे हैं सर? इक्कीस रोमांचक उपन्यास हैं मेरे। प्रत्येक के कम-से-कम पाँच संस्करण छपे हैं। आप लोगों के आशीर्वाद से कोलकाता शहर में तीन मकान बन गए हैं। इन सब मामलों में मैं खर्च की परवाह नहीं करता, सर!

जितना देखूँगा उतना प्लॉट मिलेगा, पुस्तकों की संख्या बढ़ेगी। सब तो फेलू मित्र नहीं हैं कि सिन्धु घोटक और जल-हस्ती में फर्क समझ लें। जो लिखूँगा लोग वही पढ़ेंगे और जितना पढ़ेंगे उतना ही मेरा लाभ होगा। मेरे फायदे का रास्ता रोके, ऐसी हिम्मत किसमें हैं सर? हाँ, अगर आप साफ-साफ मना कर दें तो फिर..."

फेलू दा ने मना नहीं किया। जाने से पहले लालमोहन बाबू ने, हम कब जा रहे हैं, कितने दिनों के लिए जा रहे हैं, कैसे जा रहे हैं, जानकर एक कॉपी में लिख लिया। फिर बोले, "एक गरम बनियान, दो पुल-ओवर, एक रूई-भरा कोट, उसके ऊपर एक ओवर-कोट पहनकर भी क्या ठंड से नहीं बच पाऊँगा? आपका क्या कहना है?"

फेलू दा बोले, "उसके साथ एक जोड़े दस्ताने, एक मंकी कैप, एक जोड़ा गोला शूज, गरम मोजे और फ्रॉस्ट बाइट की दवाइयाँ लेने से और भी बेफिक्र हो सकते हैं।"

स्कूल में इम्तहान देना मुझे बिलकुल अच्छा नहीं लगता, लेकिन फेलू दा के सामने परीक्षा देने में मुझे कोई आपत्ति नहीं रहती। सच कहूँ तो उसमें एक तरह का मजा आता है और उस मजे के साथ दिमाग भी खुल जाता है।

रात में भोजन करने के बाद फेलू दा अपने पलंग पर सीने के नीचे तकिया दबाकर उलटा लेटे हुए थे और मैं उनके पास बैठकर परीक्षा दे रहा था, अर्थात इस केस से जुड़े सवालों का जवाब दे रहा था।

पहला सवाल, "इस अटैची की अदला-बदली के मामले में किन-किन लोगों से परिचय हुआ है, बताओ।"

"पहले व्यक्ति दीननाथ लाहिड़ी।"

"अच्छा! उन सज्जन के बारे में तुम्हारी क्या राय है?"

"अच्छी ही है, लेकिन पुस्तक वगैरह के बारे में उनका विशेष ज्ञान नहीं है। और वे इतने पैसे खर्च करके हम लोगों को शिमला भेज रहे हैं, यह मुझे थोड़ी अटपटी..."

"जो व्यक्ति इतनी महँगी दो-दो गाड़ियाँ मेनटेन कर सकते हैं, उनके पास पैसों की कमी नहीं है। और फेलू मित्र को एम्प्लाय करना भी एक प्रेस्टीज की बात है, इसे भी झुठलाया नहीं जा सकता है।"

"अगर ऐसी बात है तो अटपटा लगने का कोई कारण नहीं है। दूसरा, परिचय हुआ नरेशचन्द्र पाकड़ासी से। वे रूखे मिजाज के व्यक्ति हैं।"

"लेकिन साफ बोलते हैं, यह भी उनकी एक खूबी है, सबमें यह खूबी नहीं होती है।"

"लेकिन उनकी सारी बातें क्या सच होती हैं? दीननाथ बाबू क्या सचमुच पहले इस लायक थे, मेरा मतलब है रेस के मैदान में जाते थे?"

"किसी समय क्यों, अभी भी वैसे ही हैं। मगर वे खराब इनसान हैं, ऐसी बात नहीं है।"

"उसके बाद अमर कुमार मतलब प्रवीर लाहिड़ी। वे अपने चाचा को पसन्द नहीं करते हैं।"

"स्वाभाविक है, चाचा उनके एम्बिशन में बाधक बन रहे हैं, उनको एक अटैची देकर फिर वापस ले लेते हैं। उनका नाराज होना स्वाभाविक है।"

"प्रवीर बाबू का बदन काफी गठीला लगता है।"

"हाँ, उनकी कलाई चौड़ी है, इसी वजह से उनके गले की पतली आवाज और भी अजीब लग रही थी।...अब बताओ, कालका मेल के फर्स्ट क्लास डी कम्पार्टमेंट के बाकी दो यात्रियों का क्या नाम था?"

"एक थे बृजमोहन।...उनका सरनेम...?"

"केडिया, मारवाड़ी!"

"हाँ, वह लेन-देन का कारोबार करते हैं। चेहरे में कोई खास बात नहीं है। वह नरेश पाकड़ासी को पहले से जानते थे।"

"उनका लेनिन सरणी में वाकई दफ्तर है। टेलीफोन डायरेक्टरी में उनका नाम है।"

"दूसरे व्यक्ति थे जी.सी. धमीजा। वे शिमला में रहते हैं, उनका सेब का बागीचा है।"

"उसका कोई सबूत नहीं है, इस वजह से कहा जा सकता है, बागीचा हो भी सकता है, और नहीं भी हो सकता है।"

"लेकिन धमीजा के साथ ही उनकी अटैची बदली है, यह बात तो सही है।"

वह अटैची फेलू दा के पास उनके बिस्तर के ऊपर रखी थी। उसका ढक्कन खोलकर अन्दर के सामान को कुछ देर तक देखकर फेलू दा जैसे खुद ही से बोले, "हूँ, यही एक बात है, जिसके सम्बन्ध में शायद...।"

अटैची के अन्दर तह किए हुए दिल्ली के जो दो अखबार थे, उन्हें हाथ से उलटते-पुलटते हुए फेलू दा लगभग उसी तरह खुद से बोले, "जानता है, इन अखबारों को लेकर ही मेरे मन में कैसी एक..."

फेलू दा का इस तरह बड़बड़ाना रुक गया क्योंकि तभी टेलीफोन बज उठा। इसके पहले टेलीफोन बैठक में था। अभी भी वहीं पर है लेकिन अपनी सुविधा के लिए फेलू दा ने पलंग के पास ही एक एक्सटेंशन लगा लिया था।

"हैलो!"

"कौन, मिस्टर मित्र?"

फोन फेलू दा के हाथ में था लेकिन शायद रात का समय होने के कारण उस तरफ की बातें मुझे स्पष्ट सुनाई पड़ रही थी।

"कहिए, मि. लाहिड़ी!"

"सुनिए, मि. धमीजा के पास एक सूचना है।"

"इतने थोड़े समय में ही टेलीग्राम का..."

"नहीं, नहीं, टेलिग्राम का जवाब कल से पहले नहीं आने वाला। अभी पाँच मिनट पहले मुझे एक फोन मिला है, आपको पूरी बात बता रहा हूँ। धमीजा ने रेलवे के दफ्तर में पता लगाकर रिजर्वेशन चार्ट देखकर मेरा नाम-पता मालूम कर लिया था। अचानक ही उन्हें चले जाना पड़ा था इसलिए मेरे साथ सम्पर्क नहीं कर पाए थे। लेकिन अपने किसी परिचित को मेरी अटैची दे गए हैं। उनको धमीजा की अटैची दे देने से वह मेरी अटैची वापस कर देंगे। उस व्यक्ति ने मुझे फोन किया था। लिहाजा आप समझ ही रहे हैं..."

"मैनुस्क्रिप्ट है कि नहीं, उनसे पूछा?"

"हाँ-हाँ, सब ठीक है।"

"वाह, यह तो अच्छी खबर है। अब तो आपकी सारी परेशानी खत्म हो गई।"

"जी हाँ, एकदम अप्रत्याशित रूप से। मैं पाँच मिनट के भीतर निकल रहा हूँ। आपके घर से धमीजा की अटैची लेकर सीधे प्रिटोरिया स्ट्रीट चला जाऊँगा।"

"आपसे एक गुजारिश कर सकता हूँ मिस्टर लाहिड़ी?"

"कहिए!"

"आप क्यों आने का कष्ट करेंगे! शिमला ही जब जा रहा था तो फिर प्रिटोरिया स्ट्रीट जाने में मुझे क्या परेशानी है! मेरा कहना है कि अटैची मैं ही लेता आऊँगा। उस अटैची को आज रात मेरे पास रहने दीजिए; मैं शम्भूचरण की पांडुलिपि पढ़ना चाहता हूँ। उसे एक नजर देख लूँगा, यही मेरा पारिश्रमिक होगा। कल सुबह मैनुस्क्रिप्ट के साथ अटैची आपको पहुँचा दूँगा। ठीक है न।"

"वेरी गुड। मुझे कोई आपत्ति नहीं है। उन सज्जन का नाम

मि. पुरी है। उनका पता है—फोर बाई टू प्रिटोरिया स्ट्रीट।"

"धन्यवाद! ऑल्स वॅल दैट एंड्स वॅल।"

फेलू दा टेलीफोन रखकर कुछ देर तक भौंहें सिकोड़कर बैठे रहे, मेरी मानसिक स्थिति क्या हो रही थी, यह बताने का कोई फायदा नहीं है। शिमला नहीं जा पाऊँगा, शिमला नहीं जा पाऊँगा, नहीं जा पाऊँगा—बार-बार यही लग रहा था और अन्दर एक खालीपन महसूस हो रहा था। बर्फ के शहर में जाते-जाते रह गया। मार्च महीने में कोलकाता की गरमी बर्दाश्त नहीं हो रही थी। लेकिन चारा भी क्या था, कम-से-कम घटना के अन्तिम पर्व में फेलू दा के साथ रहना चाहिए। यही सोचकर कहा—"मैं भी तैयार हो लूँ फेलू दा? बस दो मिनट लगेंगे।"

"जा, जल्दी जा!"

कपड़े बदलकर तैयार होकर धमीजा की अटैची लेकर टैक्सी से प्रिटोरिया स्ट्रीट पहुँचने में बीस मिनट से कुछ ज्यादा समय लगा था। प्रिटोरिया स्ट्रीट लोअर सर्कुलर रोड से निकलकर थोड़ी दूर जाकर राइट एंगल से दाहिने जाकर, फिर राइट एंगल में बाएँ घूमकर थियेटर रोड पर शेक्सपियर सरणी से मिलती है। यह सड़क प्राय: सुनसान रहती है, फिर रात का समय था। हम लोग लोअर सर्कुलर रोड में पहुँचकर सड़क के एक सिरे से दूसरे सिरे तक टैक्सी घुमाते हुए समझ गए थे, गाड़ी में बैठकर मकान ढूँढ़ना असम्भव है। शेक्सपियर सरणी के नजदीक पहुँचकर टैक्सी रुकवाकर फेलू दा ने सिख ड्राइवर से कहा, "मकान ढूँढ़ना होगा सरदार जी! जरा रुकिए, एक अटैची एक मकान में पहुँचाकर आ रहे हैं।"

सरदार जी बड़े भले आदमी थे, उन्होंने कोई आपत्ति नहीं की। हम लोग टैक्सी से उतरकर दक्षिण दिशा की तरफ जा रहे थे। बाईं तरफ दीवार के उस पार बाईस मंजिला बिड़ला बिल्डिंग सिर उठाए खड़ी थी। फेलू दा बोले, "रात के वक्त कोलकाता में सबसे डरावनी

लगती हैं ये आसमान को छूने वाली, ऊँची-ऊँची, दफ्तर की इमारतें। केवल शरीर है, उसमें जान नहीं है। वैसी ही हैं। तूने कभी खड़ी लाश देखी है? ये इमारतें वैसी ही हैं।"

थोड़ी दूर जाने के बाद दाहिने तरफ एक फाटक मिला, उस पर चार लिखा था। थोड़ा आगे जाने के बाद मकान का नम्बर देखा—पाँच इसका मतलब दो मकानों के बीच की गली में चार बटे दो नम्बर का मकान होना चाहिए था। बाप रे बाप, कितनी सुनसान सड़क थी। पूरी सड़क पर इक्की-दुक्की टिमटिमाती बत्तियाँ जल रही थीं, जिसके लाइट-पोस्ट के नीचे थोड़ा-सा उजाला था, बाकी पूरी सड़क पर अँधेरा पसरा था। हम उस गली में घुस गए।

कुछ दूर जाने के बाद एक और फाटक मिला। यह निश्चित चार बटे एक होगा। तो क्या चार बटे दो और भी अन्दर इस अँधेरी गली में होगा? लेकिन उधर कोई मकान नहीं दिख रहा था। और हो भी तो उसमें कोई बत्ती नहीं जल रही थी। गली के दोनों तरफ भी दीवारें थीं। दीवारों के दूसरी तरफ के घरों के बागीचों से पेड़ की टहनियाँ सड़क पर झुकी हुई थीं। लोअर सर्कुलर रोड से गाड़ियों के आने-जाने की क्षीण आवाजें आ रही थीं। अचानक दूर गिरजे में घड़ी का घंटा बजा। यह सेंट पॉल्स की घड़ी की आवाज थी। रात के साढ़े ग्यारह बजे थे। लेकिन इन आवाजों से प्रिटोरिया स्ट्रीट का डरावनापन और बढ़ रहा था, घट नहीं रहा था। पास ही कहीं एक कुत्ते ने भौंकना शुरू कर दिया, और ठीक उसी क्षण 'टैक्सी! सरदार जी! सरदार जी!' की चीख अपने आप ही मेरे गले से निकल गई।

एक आदमी दाहिनी तरफ की दीवार फाँदकर फेलू दा पर झपटा। साथ-साथ एक दूसरा व्यक्ति भी। अपना हाथ खाली करके वे एक झटके में पहले व्यक्ति को अपनी गरदन के ऊपर से हटाकर उसके ऊपर कूद पड़े। यह तो पता चल रहा था कि बुरी तरह हाथापाई-धक्का-मुक्की

हो रही थी लेकिन अँधेरे की वजह से साफ नजर नहीं आ रहा था। मेरे सामने वह अटैची सड़क पर पड़ी थी। उसको उठाने के लिए मैंने हाथ बढ़ाया ही था कि उसी समय दूसरे व्यक्ति ने उस अटैची को उठाकर मुझे धक्का देकर सड़क पर गिरा दिया और तेजी से गली की तरफ भाग गया। इधर बाईं तरफ अँधेरे में मारपीट चल रही थी लेकिन फेलू दा उस आदमी को क्यों वश में नहीं कर पा रहे थे, मेरी समझ में नहीं आ रहा था।

"आँक!"

यह हमारे ड्राइवर सरदार जी के पेट पर चोट लगने की आवाज थी। वे हमारी चीख सुनकर गाड़ी छोड़कर गली की तरफ आ रहे थे। लेकिन अटैची-चोर उन्हें वहीं घायल करके भाग गया था। दूर लाइट-पोस्ट के हल्के उजाले में मैंने सरदार जी को जमीन पर गिरे हुए देखा।

इतने में पहला व्यक्ति भी दीवार फाँदकर भाग गया। फेलू दा अपनी जेब से रूमाल निकालकर हाथ पोंछते हुए बोले, "कम-से-कम बदन पर सेर भर तेल चुपड़कर आया था, गाँव के चोर जिस तरह करते हैं।"

इस तेल की बू उनके आते ही मुझे महसूस हुई थी लेकिन बू का कारण मैं समझ नहीं पाया था।

"अच्छा हुआ।"

फेलू दा ने क्यों ऐसा कहा, मैं नहीं समझ सका। इतनी बड़ी दुर्घटना घट जाने के बावजूद फेलू दा कह रहे थे, "किस्मत अच्छी थी।"

मैंने पूछा, "ऐसा क्यों कह रहे हैं?"

टैक्सी की तरफ जाते हुए फेलू दा बोले, "तू क्या समझ रहा है कि वह बदमाश क्या जी.सी. धमीजा की अटैची लेकर भागा है?"

"तो फिर?" मैं तो हैरान हो गया।

"जो ले गया, वह थी द प्रॉपर्टी ऑफ प्रदोष सी. मित्र। उसमें थे तीन फटे बनियान, पाँच पुराने रूमाल, फटे कपड़े और पुरानी फटी आनन्द बाजार पत्रिका। तू जब कपड़े बदल रहा था तब मैंने वन नाइन सेवेन में फोन करके पता लगा लिया था—चार बटे दो प्रिटोरिया स्ट्रीट में कोई फोन नहीं है। हालाँकि उस नम्बर का कोई मकान भी नहीं है यहाँ। यहाँ नहीं आते तो यह बात पता नहीं चलती।"

मेरी धड़कनें फिर तेज हो गई थीं।

मेरा मन कह रहा था—आखिरकार शिमला जाना ही पड़ेगा।

# पाँच

कल रात घर पहुँचने के बाद दीननाथ बाबू को फोन पर पूरी घटना की जानकारी दी गई। वे सुनकर दंग रह गए। बोले, "ऐसा भी हो सकता है, यह तो मैंने सपने में भी नहीं सोचा था। हो सकता है कि साधारण झपटमार, इस अटैची में कुछ है, सोचकर आप पर हमला करके उसे छीनकर ले भागा हो, जैसा कि कोलकाता में अकसर होता है। फिर भी एक बात समझ में नहीं आ रही है—चार बटे दो नम्बर का कोई मकान ही नहीं है प्रिटोरिया स्ट्रीट में। इसका मतलब मिस्टर पुरी पूरी तरह काल्पनिक व्यक्ति हैं और धमीजा का रेलवे में पता लगाने वाली बात एक धोखा है। तो फोन किसने किया था?"

फेलू दा बोले, "अगर यही जान जाते तो यह जाँच पूरी हो गई होती मिस्टर लाहिड़ी।"

"लेकिन आपको शक कैसे हो गया, बताइए तो?"

"असल में इतनी रात को उस आदमी का आपसे फोन पर बात करना मुझे अटपटा लग रहा था। धमीजा कल गए थे। इसका मतलब तो कल या आज सुबह किसी समय पुरी ने दिन में फोन क्यों नहीं किया?"

"हूँ! तो फिर शिमला जाने का प्लान तो वैसा ही रहेगा। लेकिन मामला जिस तरह करवट बदल रहा है, इस हालत में तो आपको भेजने में मुझे डर ही लग रहा है।"

फेलू दा हँसकर बोले, "आप परेशान मत हों मिस्टर लाहिड़ी। केस अब उतना फीका नहीं लग रहा है, तेज मसाले की खुशबू आ रही है। इसलिए मैं भी हल्का महसूस कर रहा हूँ। वरना आपसे रुपये लेने में मुझे बहुत संकोच हो रहा था। खैर, अब अगर आप एक काम कर दें तो बड़ा अच्छा होगा।"

"कहिए!"

"आपकी अटैची में क्या-क्या सामान था, अगर आप उसकी सूची बनाकर मुझे भेज दें, तो आपकी अटैची लेते वक्त उन्हें मिलाकर देख लेता।"

"अटैची में खास कुछ नहीं था, इसलिए काम बड़ा आसान है। जब आपके जाने का टिकट वगैरह भेजूँगा, उसी के साथ सूची भी भिजवा दूँगा।"

कल हम लोगों को रवाना होना था, इसलिए आज दिनभर फेलू दा को बहुत व्यस्त रहना पड़ा। इस एक दिन में ही उनका हाव-भाव बिलकुल बदल चुका था। उनका दिमाग आज शान्त नहीं था, यह बार-बार उनके अँगुली चटकाने से पता चल रहा था। मेरी समझ में यह बात भी नहीं आ रही थी कि अटैची में कोई कीमती वस्तु न होते हुए भी बदमाशों ने उसे क्यों छीना? यही बात उनके दिमाग में भी थी। मामले को समझने के लिए उन्होंने कल दोबारा अटैची के सभी सामानों की जाँच कर ली। यहाँ तक कि टूथपेस्ट और शेविंग क्रीम के ट्यूब को भी दबाकर देख लिया। पैकेट से ब्लेडों को निकालकर गौर से देखा। अखबार खोलकर देखा—इतना कुछ करने के बावजूद सन्देहास्पद कुछ नहीं मिला था।

फेलू दा आठ बजते-बजते निकल पड़े थे। मैं क्या करता। किसी तरह से घर में अकेले बैठे कुछ घंटे बिताने का मन बना लिया था। पिता जी पन्द्रह दिनों के लिए मैसानजोर गए थे। उन्हें एक पत्र लिखकर शिमला जाने की जानकारी देनी थी। फेलू दा कह गए थे। इन तीन घंटों में अगर कोई घंटी बजाए, तो तू खुद दरवाजा मत खोलना। श्रीनाथ से खोलने के लिए कहना। मैं ग्यारह बजे तक लौट आऊँगा।"

पिता जी को पत्र लिखने के बाद एक कहानी की किताब लेकर बैठक के सोफे पर इत्मीनान से लेटकर अटैची की घटनाओं के बारे में सोचते-सोचते मैं उनमें उलझता चला गया। दीननाथ बाबू, उनका अभिनेता भतीजा, रूखे मिजाज के नरेश पाकड़ासी, सेब वाले, शिमला में रहनेवाले मिस्टर धमीजा, सूद के कारोबारी बृजमोहन—इन सभी के बारे में मुझे लग रहा था, इनके चेहरों पर मुखौटा चढ़ा हुआ था, यहाँ तक कि एयर इंडिया की वह अटैची और उसमें का सामान भी जैसे मुखौटे में नजर आ रहे थे। ऊपर से कल रात की प्रिटोरिया स्ट्रीट की वह भयावह घटना।

अन्त में ऊबकर सोचना छोड़कर सामने ताख से एक पत्रिका लेकर उसके पन्ने पलटने लगा। वह एक फिल्मी पत्रिका थी, जिसका नाम था 'ताराबाजी'। यह तो वही पत्रिका थी जिसमें मैंने अमर बाबू की तसवीर देखी थी। इसी में विज्ञापन छपा था—'श्री गुरु पिक्चर्स की निर्माणाधीन फिल्म 'अशरीरी,' नए कलाकार अमर कुमार अभिनीत। सिर पर 'ज्वेल थीफ' में देवानन्द की शैली में पहनी गई टोपी, गले में मफलर, पतली मूँछों के नीचे होंठों पर क्रूर मुस्कान। हाथ में एक पिस्तौल थी, जिसे देखने से साफ लगता था, नकली है। जरूर लकड़ी की बनी होगी।

मुझे अचानक क्या सूझा, टेलीफोन डायरेक्टरी खोलकर उसमें एक नाम ढूँढ़ निकाला—श्री गुरु पिक्चर्स। पता था—तिरपन नम्बर, बेंटिक स्ट्रीट। टू फोर फाइव फाइव फोर।

मैंने नम्बर घुमाया। उधर से घंटी बजने की आवाज सुनाई पड़ी। फिर किसी ने फोन उठाया—

"हैलो!"

"श्री गुरु पिक्चर्स?"

मेरी आवाज छह महीने से पतली से भारी होने लगी थी। इसलिए उन्हें पता नहीं चल सकता था कि मैं केवल साढ़े पन्द्रह वर्ष का हूँ।

"हाँ, श्री गुरु पिक्चर्स।"

"आप लोगों की अशरीरी फिल्म में जो नए अभिनेता अमर कुमार काम कर रहे हैं, उनके बारे में थोड़ी..."

"आप मिस्टर मल्लिक से बात कीजिए।"

शायद लाइन मिस्टर मल्लिक को दे दी गई।

"हैलो!"

"मिस्टर मल्लिक!"

"बोल रहा हूँ।"

"आप लोगों की एक फिल्म में एक नए कलाकार अमर कुमार अभिनय कर रहे हैं क्या?"

"उन्हें तो हटा दिया गया है।"

"हटा दिया गया है?"

"आप कौन बोल रहे हैं?"

"मैं?"

अपना क्या नाम बताऊँ, अचानक समझ नहीं पाया। बेवकूफ की तरह झट से फोन रख दिया। अमर कुमार निकाल दिए गए थे। जरूर उनकी आवाज के कारण ऐसा हुआ होगा। अखबार में फोटो वगैरह छपने के बाद, तो क्या खुद अमर बाबू इस बात को नहीं जानते? या फिर जानते हुए भी उन्होंने हमसे बताना ठीक नहीं समझा।

मैं बैठे-बैठे यही सब बातें सोच रहा था कि अचानक फोन

की घंटी से मैं चौंक गया। मैंने हड़बड़ाकर रिसीवर उठाकर 'हैलो' कहा। लेकिन कई सेकंड तक उधर से कोई जवाब नहीं मिला। उसके बाद खट की आवाज आई। मैं समझ गया यह फोन पब्लिक बूथ से किया जा रहा था। मैंने दोबारा 'हैलो' कहा। इस बार आई, कुछ दबी हुई पर साफ।

"शिमला जाने की तैयारी हो रही है?"

अचानक कोई अनजान व्यक्ति ऐसा सवाल पूछ सकता है, यह मैं सोच भी नहीं सकता था। इसीलिए मैं अकचकाकर थूक निगलकर चुप रह गया।

इस बार फिर आवाज आई। रूखे स्वर में खून ठंडा करने वाली आवाज—

"वहाँ जाने पर खतरा है समझे! खतरा!"

फिर खट की आवाज हुई। इस बार टेलीफोन रख दिया गया। अब कोई आवाज नहीं आएगी। लेकिन जितना सुना, उतने से ही मेरी हालत खस्ता हो गई। उस नशेड़ी राणा के हाथ में शेर मारने वाली बन्दूक जिस तरह काँपती थी, ठीक उसी तरह काँपते हुए हाथों से टेलीफोन का चोंगा रखकर कुरसी पर मैं किसी पुतले की तरह बैठ गया।

लगभग आधे घंटे बाद बैठे-बैठे फिर घंटी की आवाज सुनकर दिल तेजी से धड़क उठा, लेकिन दूसरे ही क्षण समझ गया कि यह टेलीफोन नहीं कॉलिंग बॅल की आवाज थी। इस बीच तीन घंटे बीत चुके थे। इसलिए मैंने खुद दरवाजा खोल दिया। फेलू दा आए थे। उनके हाथ में एक बहुत बड़ा पैकेट देखकर समझ गया कि इसमें लांड्री से लाए हुए हम दोनों के गरम कपड़े होंगे। फेलू दा मेरी तरफ एक बार तिरछी आँखों से देखकर बोले, "होंठ क्यों चाट रहा है? कोई गड़बड़ फोन आया था क्या?"

मैं तो चौंक गया, पूछा, "आप कैसे जान गए?"

"तूने रिसीवर जिस तरह रखा है, उसी से पता चलता है, और फिर मामला भी पेचीदा है—इस तरह के दो-एक टेलीफोन नहीं आने से ही

चिन्ता की बात होती। खैर, फोन किसने किया था, क्या कह रहा था?"

"किसने किया था, यह मैं नहीं जानता, लेकिन कह रहा था, शिमला जाने से खतरा है।"

फेलू दा पंखे की स्पीड बढ़ाकर तख्त पर लेटकर बोले, "तूने क्या कहा?"

"कुछ नहीं।"

"ईडियट! तुझे कहना चाहिए था आजकल कोलकाता की सड़कों पर जैसा खतरा है, उतना खतरा युद्धक्षेत्र को छोड़कर और कहीं नहीं है—शिमला तो उसके सामने कुछ भी नहीं।"

फेलू दा ने जिस तरह उस धमकी की अनदेखी की थी, मैंने भी उसकी चर्चा न करके कहा, "आप लांड्री के अलावा और कहाँ गए थे?"

"एस.एम. केडिया के ऑफिस में।"

"कुछ पता चला?"

" बृजमोहन व्यवहार में दोस्ताना लगे। बाँग्ला बोलते हैं। तीन पीढ़ियों से कोलकाता में रह रहे हैं। नरेश पाकड़ासी के साथ सचमुच उनका लेन-देन का रिश्ता था। मुझे लगा पाकड़ासी पर अभी भी कुछ रुपये उधार थे। धमीजा का दिया सेब बृजमोहन ने भी खाया था। उनके पास नीले रंग की एयर इंडिया की कोई अटैची नहीं थी। ट्रेन में अधिकांश समय वे सोये हुए थे पर आँखें मूँदे लेटे हुए थे।"

मुझे अपनी तरफ से भी कोई खबर देनी थी, इसलिए अमर कुमार को निकाल दिए जाने की सूचना उनको दी। यह सुनकर फेलू दा बोले, "इसका मतलब हुआ वह लड़का सचमुच अभिनय अच्छा कर लेता है।"

दिनभर में हम लोगों ने अपनी तैयारी पूरी कर ली। अगले दिन समय नहीं मिलने वाला था क्योंकि भोर में साढ़े चार बजे ही उठ जाना

था। हम सिर्फ चार दिनों के लिए जा रहे थे इसलिए साथ में ज्यादा कपड़े नहीं लिए थे। शाम के साढ़े छह बजे जटायु मतलब लालमोहन बाबू का एक फोन आया। उन्होंने कहा, "मैंने अपने साथ एक नए प्रकार का हथियार रख लिया है। दिल्ली पहुँचकर दिखाऊँगा।" लालमोहन बाबू को तरह-तरह के हथियार इकट्ठा करने का शौक था। राजस्थान के सफर में एक खुखरी अपने साथ ले गए थे। हालाँकि उसकी आवश्यकता नहीं पड़ी थी। उन्होंने टिकट बनवा लिया था। कहा, "कल सुबह दमदम में मिलूँगा।"

रात आठ बजने के कुछ देर बाद दीननाथ बाबू का ड्राइवर आकर हम लोगों के लिए दिल्ली तक का हवाई जहाज और वहाँ से शिमला तक रेल का टिकट तथा दीननाथ बाबू की एक चिट्ठी दे गया। चिट्ठी में लिखा था—

प्रिय मिस्टर मित्र,

दिल्ली के जनपथ होटल में एक दिन के लिए और शिमला के क्लार्क होटल में चार दिनों के लिए कमरा बुक हो गया है। आपके कहे अनुसार शिमला में मिस्टर धमीजा के नाम एक तार भेज दिया था, जिसका अभी-अभी जवाब आया है। उन्होंने लिखा है मेरी अटैची उनके पास सँभालकर रखी हुई है। उन्होंने परसों शाम के चार बजे आपको अपने घर बुलाया है। उनका पता आपके पास है ही। आपने मेरी अटैची में रखे सामानों की एक सूची माँगी थी। मुझे अब याद आ रहा है कि उसमें मात्र एक चीज थी जो मेरे लिए थोड़ी मूल्यवान थी। वह विलायत में बनी एंटारो वायोफार्म टैबलेट की शीशी थी। यहाँ की दवाओं से ज्यादा असरदार। आप लोगों की यात्रा शुभ और सुरक्षित हो, यही कामना है। इति।

भवदीय

दीननाथ लाहिड़ी

कल सुबह जल्दी उठना था। इसलिए हम लोगों ने सोचा था जल्दी खा-पीकर दस बजे तक सो जाएँगे। लेकिन रात के पौने दस बजे किसी ने हमारे दरवाजे की घंटी बजाई। दरवाजा खोलने पर जिन्हें सामने पाया, वे कभी हमारे घर भी आएँगे, यह हम लोगों ने सोचा भी नहीं था। फेलू दा चौंके जरूर पर प्रकट नहीं किया। बोले, "गुड इवनिंग मिस्टर पाकड़ासी! अन्दर आ जाइए।"

इस समय उनके व्यवहार में चिड़चिड़ेपन का कोई लक्षण नहीं दिख रहा था। उनके होंठों में एक अजीब मुस्कराहट थी, लेकिन चेहरे पर संकोच भी था, एक दिन में ही इतना आश्चर्यजनक परिवर्तन। इतनी रात में वह क्या बताने आए थे?

नरेश बाबू सोफे पर न बैठकर कुरसी पर बैठते हुए बोले, "रात बहुत हो गई है। पाँच बार फोन किया था लेकिन सम्पर्क नहीं हो पाया। इसलिए सोचा खुद ही हो आऊँ, बुरा मत मानिएगा।"

"बिलकुल नहीं, कहिए क्या बात है?"

"एक गुजारिश थी—खास गुजारिश। शायद आपको बेमतलब की भी लग सकती है।"

"आप कहिए तो।"

"दीननाथ बाबू की अटैची में जिस पांडुलिपि की बात आप कर रहे थे, क्या वह तराई के रचयिता शम्भूचरण की लिखी है?"

"जी हाँ, यह उनकी तिब्बत-यात्रा का संस्मरण है।"

"माई गॉड!"

फेलू दा चुप थे, नरेश पाकड़ासी भी कुछ क्षण के लिए खामोश रहे। देखने से ही उनके भीतर एक दबी उत्तेजना झलकती नजर आ रही थी। वह फिर बोले, "क्या आप जानते हैं, मेरे पास यात्रा-संस्मरण की पुस्तकों का बड़ा संग्रह है। वैसा संग्रह कोलकाता में और किसी के पास नहीं है।"

फेलू दा बोले, "जरूर होगा। आपके किताबों की अलमारी पर मेरी नजर गई थी। स्वर्णाक्षर में लिखे कई नाम भी मैंने देखे थे—स्वेन हेदिन, इब्नबतूता, तावेर्नियें, हूकर..."

"अद्‌भुत नजर है आपकी।"

"यही भरोसा अपनी पूँजी है।"

नरेश बाबू अपनी मुड़ी हुई पाइप होंठों से हटाकर फेलू दा को एकटक देखते हुए बोले, "आप शिमला जा रहे हैं न!"

अब फेलू दा के चौंकने की बारी थी। "आपको कैसे पता चला?" यह सवाल हालाँकि उन्होंने नहीं पूछा, लेकिन उनके चेहरे से पता चल रहा था। नरेश बाबू थोड़ा मुस्कराकर बोले, "दीनू लाहिड़ी की अटैची धमीजा की अटैची से बदल गई है, यह जानना आप जैसे चतुर जासूस के लिए असम्भव तो नहीं है। धमीजा का नाम उनके सूटकेस पर लिखा था और एयर इंडिया की वह अटैची मैंने स्वयं उन्हें इस्तेमाल करते हुए देखी है। उसी अटैची में से सेविंग किट निकालकर उन्होंने दाढ़ी बनाई थी।"

"तो फिर आपने कल यह बात क्यों नहीं बताई थी?"

"किसी के बता देने की अपेक्षा अपना दिमाग लगाकर खोज निकालने में ज्यादा खुशी मिलती है। ठीक कह रहा हूँ न। केस तो आपका है, आप दिमाग लगाएँगे और उसके लिए आपको पारिश्रमिक मिलेगा। मैं जबरदस्ती क्यों आपकी मदद करूँ, कहिए।"

फेलू दा को देखकर लगा वे नरेश बाबू के तर्क से सहमत थे। उन्होंने कहा, "लेकिन आपकी गुजारिश क्या है, यह बात तो आपने नहीं बताई।"

"वह कुछ खास नहीं है। मैं जानता हूँ आप लाहिड़ी की अटैची को ढूँढ़ लेंगे। साथ ही वह पांडुलिपि भी। मेरी गुजारिश है कि वह पांडुलिपि आप उन्हें मत दीजिएगा।"

"यह आप क्या कह रहे हैं?" फेलू दा ने हैरानी से कहा।

मैं भी हैरान था।

"आप उसे उनके बदले मुझे दे दीजिएगा।"

"आपको?" फेलू दा ने थोड़ा उत्तेजित होते हुए कहा।

"कहा तो गुजारिश थोड़ी अटपटी है लेकिन मेरी यह गुजारिश आपको पूरी करनी ही होगी।" वे अपनी कुहनी अपने दोनों घुटनों पर टिकाकर जरा झुककर बोले, "पहला कारण तो यह कि उस संस्मरण

का महत्त्व दीननाथ लाहिड़ी नहीं समझेंगे। उनके घर की अलमारी में एक भी अच्छी पुस्तक आपने देखी है? नहीं देखी। दूसरा कारण यह कि मैं इसके लिए आपको कम्पेनसेशन भी...।"

नरेश बाबू ने अपनी बात अधूरी छोड़कर अपने कोट के सामने की जेब से एक नीला लिफाफा निकाला। उसके बाद उसे खोलकर फेलू दा की तरफ बढ़ा दिया। लिफाफा खोलते ही मैंने एक गन्ध महसूस की थी—कोरे नोटों की गन्ध। फिर देखा लिफाफे में सौ के नोटों का एक बंडल रखा हुआ था।"

"इसमें दो हजार रुपये हैं। यह अग्रिम है उस पांडुलिपि के मिल जाने पर आपको दो हजार और दूँगा।"

फेलू दा ने लिफाफे की अनदेखी कर दी। जेब में हाथ डालकर चारमीनार सिगरेट का पैकेट निकालकर एक सिगरेट जलाकर धुआँ छोड़ते हुए इत्मीनान से बोले, "मैं समझता हूँ दीननाथ बाबू उस रचना की कद्र करेंगे या नहीं, यह सवाल यहाँ अप्रासंगिक है। मेरी जिम्मेदारी है शिमला से अटैची वापस लाकर उन्हें सौंप दूँ, पूरे सामान सहित। बस बात खत्म।"

नरेश बाबू के पास शायद इसका कोई जवाब नहीं था, बोले, "ठीक है, चलिए इन बातों को छोड़ देता हूँ। अपने निवेदन की बात पर वापस आता हूँ। आप उस लिखे को लाकर मुझे दे दीजिए। दीनू लाहिड़ी से कहिएगा, वह मिसिंग है। धमीजा का कहना था कि वह पांडुलिपि अटैची में भी नहीं होगी।"

फेलू दा बोले, "ऐसा करने से धमीजा की पोजीशन क्या होगी, क्या आपने सोचा है? एक निर्दोष व्यक्ति पर मैं इस तरह आरोप लगाऊँगा, यह आपने कैसे सोच लिया? माफ कीजिएगा मिस्टर पाकड़ासी, आपके अनुरोध को पूरा कर पाना मेरे लिए सम्भव नहीं है।"

फेलू दा ने सोफा से उठकर बड़ी विनम्रता से कहा, "गुड नाइट

मिस्टर पाकड़ासी। मैं उम्मीद करता हूँ आप मुझे गलत नहीं समझेंगे।"

नरेश बाबू थोड़ी देर चुप बैठे रहे, फिर रुपये का लिफाफा जेब में रखकर फेलू दा की तरफ देखकर सूखी हँसी हँसते हुए वहाँ से चले गए। वे मन-ही-मन नाराज थे या हताश थे या अपमानित हुए, उनके चेहरे से कुछ पता नहीं चला।

मैंने मन-ही-मन सोचा, फेलू दा की जगह अगर किसी दूसरे जासूस के सामने इतने सारे कोरे नोटों का प्रलोभन होता तो क्या वह अपने को सँभाल पाता? शायद नहीं।

# छह

एयर इंडिया की दो सौ तिरसठ नम्बर फ्लाइट से हम तीनों दिल्ली जा रहे थे—मैं, फेलू दा और जटायु। साढ़े सात बजे प्लेन दमदम से रवाना हुआ था। दमदम एयरपोर्ट के प्रतीक्षालय में ही फेलू दा ने लालमोहन बाबू को अटैची बदलने की घटना मोटे तौर पर बता दी थी। सुनते समय लालमोहन बाबू काफी रोमांचित हो रहे थे। वे रोमांचित होकर 'प्रिलिंग' 'हाइली सस्पिशस' आदि कह रहे थे। उन्होंने सरसों का तेल मलकर हमला करने वाली घटना अपनी कॉपी में नोट कर ली। प्रतीक्षालय में इन्तजार करते समय ही मैंने उनसे पूछा, इससे पहले उन्होंने कोई हवाई यात्रा की है या नहीं, जवाब में उन्होंने कहा था, कल्पनाशील व्यक्ति कुछ किए बगैर बहुत कुछ कर सकते हैं। मैंने हवाई सफर नहीं किया था। अगर पूछोगे कि घबराहट हो रही है तो कहूँगा 'नॉट ए बिट'—जरा भी नहीं। क्योंकि मैं अपनी कल्पना में

हवाई जहाज में ही नहीं, रॉकेट में चढ़कर चन्द्रमा तक घूम आया हूँ।

इतना कहने के बाद भी मैंने देखा, प्लेन ने जब तीव्रगति से रनवे पर दौड़कर अचानक 'सोंऽ' करके जमीन छोड़कर उड़ान भरी, उस समय लालमोहन बाबू ने अपनी सीट के दोनों तरफ के हैंडलों को ऐसा कसकर पकड़ लिया कि उनकी अँगुलियों की गाँठें फीकी पड़ गई थीं और उनके होंठों के कोने इस तरह खुल गए थे कि उनके नीचे के दाँत दिखने लगे थे और उनका चेहरा पीले ब्लॉटिंग पेपर की तरह हो गया था।

बाद में उनसे कहने पर बोले, "ऐसा तो होगा ही। रॉकेट जब जमीन छोड़कर शून्य में उड़ता है, एस्ट्रोनॉट के चेहरे भी विकृत हो जाते हैं। असल में ऊपर उठते समय इनसान को मध्याकर्षण के विरुद्ध युद्ध करना पड़ता है और उसका असर मनुष्य के चेहरे पर पड़ता है, इसलिए चेहरा विकृत हो जाता है।"

मैं कहना चाहता था मध्याकर्षण के कारण चेहरा विकृत होने से सबका चेहरा विकृत होता, केवल आपके साथ ही ऐसा क्यों हुआ, लेकिन अब वह काफी स्वच्छन्द और खुश थे, इसे देखकर मैं और कुछ नहीं बोला।

ब्रेकफास्ट में कॉफी, आमलेट, बन्द, बींस, ब्रेड, मक्खन, मार्मलेड, सन्तरे और नमक-काली मिर्च की छोटी-छोटी पाउचें थीं। साथ में प्लास्टिक की थैली में छुरी-काँटे-चम्मच भी। लालमोहन बाबू ने कॉफी के चम्मच से ऑमलेट खाया। छुरी को चम्मच की तरह इस्तेमाल करके मार्मलेड खत्म किया और काँटे से सन्तरा छीलने की कोशिश करके असफल होने पर उस काम को हाथ से पूरा किया। ब्रेकफास्ट पूरा करने के बाद फेलू दा से बोले, "आपको सुपारी खाते देखा। आपके पास कुछ और है?" फेलू दा अपने दोनों पैरों के बीच में धमीजा की अटैची रखे हुए थे। उसमें से कोडक का डिब्बा निकालकर लालमोहन बाबू को दे दिया। अटैची के भीतर नजर पड़ते ही न जाने क्यों मेरा दिल धड़क उठा। यह अटैची वापस

करके इसी तरह की दूसरी अटैची लाने के लिए हम लोग कोलकाता से बारह सौ मील दूर सात हजार फीट की ऊँचाई पर स्थित बर्फ के शहर शिमला जा रहे थे।

प्लेन में बैठने के बाद से ही फेलू दा अपनी विख्यात हरी डायरी (सातवाँ खंड) निकालकर उसमें तरह-तरह के नोट्स लिखते जा रहे थे। और उसी के बीच में अपने पेन के पीछे के हिस्से को दाँत में दबाकर बगल की खिड़की से नीचे रूई की तरह सफेद बादलों की तरफ देखकर कुछ सोच रहे थे। खैर, मैंने इस मामले पर सोचना बन्द कर दिया था, क्योंकि इसका रहस्य मैं अभी तक समझ ही नहीं पाया था।

दिल्ली पहुँचकर प्लेन से उतरने के बाद पाया वहाँ बहुत ठंड थी, इसका मतलब शिमला में फिर बर्फ गिरी होगी। उत्तर दिशा से उसी बर्फीली हवा के कारण दिल्ली की ठंड बढ़ गई थी। धमीजा का बैग फेलू दा ने अपने पास ही रखा हुआ था। एक क्षण के लिए भी उसे अपने से अलग नहीं किया था। लालमोहन बाबू बोले, वे आगरा होटल में ठहरेंगे। वहाँ नहा-धोकर बारह बजे तक हमारे होटल में चले आएँगे। फिर एक साथ लंच करके घूमेंगे। ट्रेन तो रात आठ बजे छूटेगी।

जनपथ होटल बहुत बड़ा है। छह मंजिले होटल की पाँचवें मंजिल के पाँच सौ बत्तीस नम्बर के डबल बेड रूम में सामान सँभालकर रखने के बाद फेलू दा अपनी पलंग पर लेट गए। मेरे दिमाग में एक सवाल उठ रहा था। मौका पाकर फेलू दा से कह दिया—

"इस अटैची बदलने के मामले में आपको सर्वाधिक रहस्यमय क्या लग रहा है?"

फेलू दा बोले, "वे अखबार।"

मैंने कहा, "कुछ स्पष्ट करेंगे?"

"मिस्टर धमीजा ने दिल्ली के दो-दो अखबार इतना सँभालकर बक्से में क्यों रखे थे, फिलहाल यही मेरे लिए सबसे बड़ा रहस्य है। ट्रेन में जो

अखबार खरीदे जाते हैं, उनमें से निन्यानबे प्रतिशत ट्रेन में पढ़कर ट्रेन में ही छोड़ दिए जाते हैं, लेकिन..."

फेलू दा की यही खूबी थी। वे अचानक ऐसे बिन्दु पर सोचना शुरू करते थे जिस पर सोचने की बात दूसरों के दिमाग में आती ही नहीं थी।

दिल्ली में हम लोग जितने समय रहे, उस बीच नोट करने योग्य दो घटनाएँ घटी थीं। पहली घटना कुछ खास नहीं थी लेकिन दूसरी भयानक थी।

साढ़े बारह बजे लालमोहन बाबू के आने के बाद हम लोगों ने मन बनाया कि लंच करने के बाद हम लोग जन्तर-मन्तर देखने जाएँगे। ढाई सौ वर्ष पूर्व राजा मानसिंह की बनवाई हुई यह आश्चर्यजनक वेधशाला जनपथ होटल से केवल दस मिनट का पैदल रास्ता था। फेलू दा बोले, वे होटल में अपने कमरे में ही रहकर उस अटैची की रखवाली करेंगे और इस केस पर कुछ और सोचेंगे। लिहाजा मैं और लालमोहन बाबू महाराजा मानसिंह के कृतित्व को देखने निकल पड़े और वहीं पर पहली घटना घटी।

दस मिनट घूमने-फिरने के बाद लालमोहन बाबू मेरी कोट का आस्तीन पकड़कर बोले, "एक सस्पीसियस कैरेक्टर शायद हमारा पीछा कर रहा है।"

उन्होंने आँख के इशारे से जिन्हें दिखाया वे एक बूढ़े व्यक्ति थे। उनके सिर पर नेपाली टोपी, आँखों पर काला चश्मा था और कानों में रूई लगी थी। मुझे भी लगा कि वह मौका पाते ही वहाँ से हमारी गतिविधियों पर नजर रखे हुए थे।

"उस आदमी को मैं पहचानता हूँ।" लालमोहन बाबू फुसफुसाकर बोले।

"पहचानते हैं? क्या मतलब?"

"प्लेन में मेरे साथ ही बैठे थे। सेफ्टी बेल्ट बाँधने में मेरी मदद भी की थी।"

"आपसे कोई बातचीत हुई थी?"

"नहीं, मैंने थैंक्स कहा, वह कुछ नहीं बोले। वेरी सस्पीसियस।"

हम लोग उनके बारे में बातें कर रहे थे, शायद वह समझ चुके थे क्योंकि कुछ देर बाद वे दोबारा नहीं दिखे।

होटल लौटते-लौटते साढ़े तीन बज गए थे। रिसेप्शन में पहुँचकर पाँच सौ बत्तीस नम्बर रूम की चाबी माँगने पर उसने कहा, चाबी

उसके पास नहीं है। मैं थोड़ा घबरा गया था। लेकिन उसके बाद ध्यान आया चाबी तो रिसेप्शन में दी ही नहीं थी। वह मेरी जेब में ही रह गई थी। फिर याद आया, फेलू दा जब कमरे में ही हैं तो चाबी की जरूरत ही क्या है? होटल में रहने का अभ्यस्त नहीं हूँ इसलिए थोड़ा गड़बड़ा गया था।

पाँचवीं मंजिल पर लम्बे खुले बरामदे से चालीस-पचास हाथ चलने के बाद दाहिनी तरफ हम लोगों का कमरा था। दरवाजा खटखटाकर देखा, कोई जवाब नहीं मिला।

मैंने फिर हल्के से खटखटाया पर इस पर भी कोई जवाब नहीं आया।

जटायु बोले, "लगता है तुम्हारे भैया सो गए हैं।"

दरवाजे का हत्था घुमाकर देखा तो दरवाजा खुला हुआ था, लेकिन फेलू दा ने अन्दर से सिटकनी लगा दी थी।

मगर दरवाजा खुला होने से क्या होगा, दरवाजे के पीछे शायद कुछ था जिसके कारण दरवाजा पूरी तरह खुल नहीं रहा था।

अब किसी तरह आधे खुले दरवाजे से अन्दर झाँककर मैंने जो देखा तो मेरे होश ही उड़ गए।

दरवाजे के ठीक पीछे फेलू दा जमीन पर उलटा पड़े हुए थे। उनके दाहिने हाथ की कोहनी सामने की तरफ थी जिसके कारण दरवाजा खुल नहीं रहा था।

डर से मेरे होश गुम हो गए, लेकिन लालमोहन बाबू के साथ मिलकर बड़ी सतर्कता से दरवाजे को और जरा ढकेलकर किसी तरह अन्दर घुसा।

फेलू दा बेहोश थे। शायद हमारे हिलाने-डुलाने के कारण उनमें थोड़ी हरकत हुई थी। और उनके मुँह से कराहने की आवाज निकल रही थी। लालमोहन बाबू जरूरत के समय बहुत काम के व्यक्ति

साबित हुए। फेलू दा के माथे और चेहरे पर पानी छिड़ककर वे उन्हें होश में लाए।

फेलू दा ने एक बार और कराहते हुए अपने सिर पर हल्के से हाथ छुआकर चेहरे को सिकोड़कर कहा, "निश्चित ही वह यहाँ नहीं होगा।"

इसी बीच मैं साथ वाले कमरे में जाकर देख आया था। लौटकर कहा, "फेलू दा, वह अटैची गायब है।"

"स्वाभाविक है।"

फेलू दा उठने की कोशिश कर रहे थे। हम दोनों ने हाथ बढ़ाया मगर वे बोले, "ठीक है, आई कैन मैनेज। चोट सिर्फ सिर के ऊपरी हिस्से में लगी है!"

एक-दो मिनट आराम करने के बाद हाथ-पैर इधर-उधर झटककर टेलीफोन से चाय ऑर्डर करने के बाद फेलू दा ने हमें पूरी घटना बताई।

"तुम लोगों के जाने के बाद मैं आधे घंटे तक अपनी डायरी लेकर अपना काम करता रहा। रात में तो दो-एक घंटे से ज्यादा सो नहीं पाया था, इसलिए मैं आँख बन्द करके थोड़ी झपकी लेने की सोच रहा था तभी फोन की घंटी बजी।"

"टेलीफोन?"

"पहले पूरी घटना सुन तो लो, फोन उठाने पर रिसेप्शनिस्ट ने कहा, 'मिस्टर मित्र, एक सज्जन नीचे खड़े हैं, वह आपको एक नामी जासूस के रूप में जानते हैं। वह आपका ऑटोग्राफ लेना चाहते हैं, क्या उन्हें आपके कमरे में भेज दूँ?'"

फेलू दा कुछ रुककर मेरी तरफ देखते हुए बोले, "एक बात तुझे बता देता हूँ तोपसे—ऑटोग्राफ लेने की तुलना में ऑटोग्राफ देने का प्रलोभन कुछ कम नहीं है। हाँ, अब आगे के लिए सतर्क हो जाऊँगा, लेकिन आज

अगर यह शिक्षा न मिलती तो सतर्क होता या नहीं, कहना मुश्किल है।"

"इसका मतलब?"

"मतलब कुछ भी नहीं। मैंने रिसेप्शनिष्ट से कहा, 'मेरे कमरे में भेज दो।' उस व्यक्ति ने आकर दरवाजा खटखटाया। मैंने जैसे ही दरवाजा खोला, उसने मेरे सिर पर जोर से मारा, मेरी आँखों के सामने अँधेरा हो गया। उसने अपने चेहरे पर रूमाल बाँध रखा था इसलिए उसे पहचान भी नहीं पाया।"

मेरा मन हो रहा था अपने बाल नोच लूँ। क्या जरूरत पड़ी थी जन्तर-मन्तर देखने की। लालमोहन बाबू बोले, "जब दिल्ली में हैं तो प्राइम मिनिस्टर को फोन करना उचित नहीं होगा।"

फेलू दा फीकी मुस्कान से बोले, "वह अटैची लेकर उसे क्या मिलेगा, मैं नहीं जानता, लेकिन हमारे लिए वह बड़ी मुसीबत खड़ी कर गया। बाप-रे-बाप! कितना बड़ा शैतान है।"

इसके बाद पाँच मिनट तक हम तीनों की साँसों के अलावा और कुछ सुनाई नहीं पड़ा। फिर फेलू दा बोले, "इसका एक रास्ता है मगर रास्ता आसान नहीं लेकिन वही एकमात्र रास्ता है। और यह रास्ता, अपनाना ही होगा क्योंकि खाली हाथ हम शिमला नहीं जा सकते।"

अब फेलू दा ने टेबिल के ऊपर से अपनी हरे रंग की नोटबुक उठा ली और धमीजा की अटैची के सामान की सूची पर नजर दौड़ाकर बोले, "इसमें एक भी ऐसा सामान नहीं है जो दिल्ली में नहीं मिलता हो, लिस्ट मिलाकर एक-एक सामान हमें खरीदना होगा। चीजें किस हालत में थीं, वह मुझे साफ-साफ याद है। शायद धमीजा से भी अच्छी तरह याद है। इसे लेकर चिन्ता की कोई बात नहीं है। यहाँ तक कि टूथपेस्ट और शेविंग क्रीम जितना खर्च हुआ था। उसे निकालकर फेंक देंगे और ट्यूब को मोड़ देंगे। सफेद रूमाल खरीदकर उसमें 'जी' लिखवा लेना भी सम्भव है। उसकी कढ़ाई मुझे याद है। हाँ, उस तारीख का अखबार मिलना मुश्किल है।

लेकिन धमीजा इसपर इतना गौर करेंगे, मैं नहीं समझता। एकमात्र कीमती चीज है कोडक की रील—"

"अरे हाँ," जटायु चिल्ला उठे, "अरे वह जो आपने मुझे प्लेन में दी थी, जिसे मैं लौटाना भूल गया था।" कहते हुए उन्होंने अपनी जेब से कोडक फिल्म की सुपारी वाली डिब्बी निकालकर फेलू दा को दिखाई।

"चलिए, एक झमेला कम हुआ, लेकिन आपकी जेब से वह क्या चीज निकली है?"

कोडक की डिब्बी के साथ लालमोहन बाबू के कोट की जेब से एक कागज का टुकड़ा भी निकल आया था। उस कागज पर लाल पेंसिल से लिखा था—

"अगर जान प्यारी है तो शिमला मत जाना।"

# सात

इस समय रात के साढ़े नौ बज रहे थे। हमारी ट्रेन अँधेरे रास्ते से शिमला की तरफ जा रही थी। कालका से भोर में हमें शिमला के लिए गाड़ी पकड़नी थी। रात में हम दिल्ली से भोजन करके चले थे इसलिए गाड़ी में हमने डिनर नहीं लिया था। हमारे डिब्बे में हम तीन व्यक्ति ही थे इसलिए ऊपर का बर्थ खाली था। बाकी दोनों के बारे में मैं नहीं कह सकता लेकिन खुशी, भय, कुतूहल, रोमांच सब मिलाकर मेरी ऐसी हालत थी कि अगर मुझसे कोई पूछता—कैसा लग रहा है, तो मैं कह नहीं पाता।

हम तीनों चुपचाप अपनी-अपनी चिन्ता में खोये हुए थे। ऐसे में अचानक लालमोहन बाबू बोले, "अच्छा मिस्टर मित्तिर, एक बेहतर जासूस और एक नामी क्रिमिनल—दोनों में शायद अधिक फर्क नहीं होता।"

फेलू दा इतने अनमने थे कि उन्होंने कोई जवाब नहीं दिया, लेकिन मैं भलीभाँति समझ गया था कि लालमोहन बाबू ने यह बात क्यों कही है। इसके साथ शाम की एक घटना का खास सम्बन्ध है, यहाँ जिसका जिक्र करना आवश्यक है। कारण इससे फेलू दा की एक क्षमता आश्चर्यजनक रूप से प्रकट हुई थी।

धमीजा को धोखे में रखने के लिए लिस्ट मिलाकर सामान खरीदने में आधे घंटे से भी कम वक्त लगा था, केवल एक बात पर मामला अटक गया था—अटैची के अन्दर की चीजें तो जुगाड़ हो गई थीं लेकिन वैसी अटैची नहीं मिल रही थी।

नीले रंग की एयर इंडिया की अटैची कहाँ से मिले? दिल्ली में हमारा परिचित एक भी व्यक्ति नहीं था जिसके पास उस तरह की अटैची मिल सकती थी। बाजार में वैसी अटैचियाँ तो मिल जाती हैं, लेकिन उस पर एयर इंडिया का लेबल नहीं रहता है। और लेबल न रहने से धमीजा हमारी चालाकी पकड़ लेते। मैंने देखा, फेलू दा सीधे एयर इंडिया के दफ्तर में ही चले गए। वहाँ पहुँचते ही हमारी नजर काउंटर के सामने कुरसी पर बैठे एक बुजुर्ग व्यक्ति पर पड़ी, वे काफी गोरे थे और पारसी टोपी पहने हुए थे, उन सज्जन की बाईं तरफ एक नीले रंग की एयर इंडिया की अटैची उनकी कुरसी से सटे फर्श पर रखी थी, ठीक उसी तरह की जिस तरह की हमें चाहिए थी। हालाँकि इस बीच हम लोगों ने नीले रंग की एक अटैची बाजार से खरीद ली थी।

फेलू दा उस अटैची को लेकर काउंटर के सामने पहुँचे और उन सज्जन की अटैची के पास अपनी अटैची रख दी और काउंटर के पीछे खड़े व्यक्ति से चुस्त अँगरेजी में पूछा, “दिल्ली से आपकी कोई फ्लाइट फ्रैंकफर्ट जाती है?” उस व्यक्ति ने तुरन्त फेलू दा को इसका जवाब दिया और फेलू दा ने भी तुरन्त थैंक्यू कहकर जाते समय बड़ी

चतुराई से उस बुजुर्ग की अटैची उठा ली और पैर से अपनी अटैची उनकी अटैची की जगह सरका दी। यह देखकर मुझे लगा कि फेलू दा जासूसी की तरह हाथ की सफाई में भी निपुण हैं। यह भी बता देना जरूरी है कि अटैची हाथ आते ही घंटे भर के अन्दर फेलू दा के कारनामे से उस अटैची और उसके अन्दर की चीजों की ऐसी दशा हुई कि उसे देखकर धमीजा क्या उनके बाप-दादों को भी शक नहीं हो सकता था कि उसमें कुछ घपला हुआ है।

फेलू दा अभी तक अपनी नोट बुक खोलकर बैठे हुए थे, अब उसे बन्द करके उन्होंने रेल के छोटे से डिब्बे में चहलकदमी शुरू कर दी थी। फिर जैसे अपने आप से बोले, "ठीक ऐसे ही एक कम्पार्टमेंट में वे चार लोग थे।"

कब किस चीज पर फेलू दा की नजर केन्द्रित हो जाए, कहना मुश्किल है। और अधिकांश समय ऐसा क्यों हुआ, इसे समझना और मुश्किल होता है, जैसे पानी के गिलास को ही लीजिए। रेल के डिब्बे की खिड़की और दरवाजे के दोनों तरफ जाली लगी थी, उसमें चार पानी के गिलास रखे हुए थे। फेलू दा की नजर उन्हीं में से एक गिलास पर टिक गई थी।

"रेल में सफर करते समय आपको नींद आती है या नहीं?" फेलू दा ने अचानक ही जटायु से पूछा। जटायु हिप्पो की तरह विशाल जँभाई ले रहे थे। कुछ क्षण बाद बोले, "बैठे-बैठे झूलना बुरा नहीं लगता।"

फेलू दा बोले, "जानता हूँ लेकिन यह झूला सबको सुलाने का काम नहीं करता है। मेरे एक मौसा जी ट्रेन में पूरी रात जागकर बैठे रहते थे। लेकिन घर में खा-पीकर तकिये पर सिर रखते ही गहरी नींद में सो जाते थे।"

अचानक देखा, फेलू दा एक छलाँग में अपर बर्थ पर चढ़ गए। चढ़कर पहले रीडिंग लाइट जलाई। उसके बाद कुछ समय तक एलेरी

क्वीन की पुस्तक (जिसे धमीजा की अटैची में रखने के लिए दिल्ली स्टेशन में खरीदना पड़ा था।) के पन्ने उलट-पुलटकर देखने लगे, फिर कुछ समय के लिए शवासन की मुद्रा में लेटकर छत की लाइट देखते रहे। ट्रेन अँधेरे से गुजर रही थी। बाहर कभी-कभार एक-दो बत्तियों के अतिरिक्त कुछ नजर नहीं आ रहा था। मैं लालमोहन बाबू से पूछने ही वाला था, आप जो हथियार साथ लाए हैं, उसे हम लोगों को कब दिखाएँगे? इसी बीच वह बोले, "एक भूल हो गई है। डाइनिंग कार के अटेंडेंट से पूछना होगा कि उनके पास सुपारी है या नहीं। वहाँ नहीं मिलने पर किसी स्टेशन पर उतरकर खरीदनी पड़ेगी। धमीजा की डिब्बी में मात्र एक ही रह गई है।"

लालमोहन बाबू ने कोडक का डिब्बा खोलकर हाथ पर उड़ेला लेकिन उसमें से कोई सुपारी नहीं निकली।

"यह तो अच्छा झमेला है! अन्दर तो साफ नजर आ रही है पर निकल नहीं रही है।"

अब लालमोहन बाबू ने उस डिब्बे को अपने हथेली के ऊपर झटकना शुरू कर दिया। हर बार हाथ झटकने के बाद उनके मुँह से 'साला' शब्द निकल रहा था। फिर भी सुपारी नहीं निकली।

"जरा मुझे दीजिए।"

यह कहकर फेलू दा ने एक छलाँग में ऊपर से नीचे उतरकर एक झटके में लालमोहन बाबू के हाथ से पीले रंग के उस डिब्बे को जोर से झटका। जटायु अचानक हुए इस हमले से भौचक रह गए।

फेलू दा ने खुद एक बार और डिब्बे को झटककर देखा, कोई लाभ नहीं हुआ। तब फेलू दा ने अपने बाएँ हाथ की छोटी अँगुली डिब्बे के भीतर डालकर उससे हल्का-सा जोर लगाया कि खट की आवाज करके सुपारी बाहर निकल आई।

अब फेलू दा डिब्बे को नाक के पास ले जाकर बोले, "डिब्बे

में गोंद लगा था। सम्भवत: एरलडाइट।"

बाहर कॉरिडोर में किसी के चलने की आहट हुई।

फेलू दा बोले, "तोपसे, दरवाजा बन्द कर दे।"

दरवाजा एक तरफ ढकेलकर बन्द करते समय मैंने देखा, जन्तर-मन्तर के वे काले चश्मेवाले बुजुर्ग हमारे दरवाजे के सामने से होकर बाथरूम की तरफ बढ़ गए।

स्-स्-स्-स्!

फेलू दा के मुँह से तेज सीटी की तरह आवाज निकली। वह उस सुपारी को हथेली पर रखकर उसे एकटक देख रहे थे।

मैं फेलू दा के पास चला गया।

स्पष्ट दिख रहा था वह वस्तु असल में सुपारी नहीं थी। किसी दूसरी चीज पर रंग चढ़ाकर उसे सुपारी की तरह दिखाने की कोशिश की गई थी।

"समझ जाना चाहिए था तोपसे, बहुत पहले समझना चाहिए था। आई हैव बीन ए फूल!"

अब फेलू दा पास रखे पानी के गिलास को लेकर उसमें सुपारी डुबोकर, उसे रगड़कर धोने लगे। देखते-ही-देखते पानी का रंग कत्थई हो गया। अच्छी तरह धो लेने के बाद उस चीज को पानी से निकालकर अच्छी तरह पोंछकर दोबारा अपनी हथेली पर रखा।

अब समझने में परेशानी नहीं हुई। जिसे हम सुपारी समझ रहे थे, वह असल में बहुत करीने से तराशा गया एक जगमगाता पत्थर था। चलती ट्रेन के झटके से वह फेलू दा की दाहिनी हथेली पर लुढ़क रहा था और ट्रेन की हल्की रोशनी में वह जिस तरह चमक रहा था, उसे देखकर यह समझने में दिक्कत नहीं हुई कि वह एक हीरा था।

और अगर यह हीरा है तो मुझे कहना होगा इतना बड़ा हीरा

मैंने जिन्दगी में दूसरा नहीं देखा। लालमोहन बाबू और फेलू दा ने भी देखा होगा, मुझे सन्देह था।

"क्या है डा...डाई...डाई...डाई..."

लालमोहन बाबू का दिमाग चकरा गया था, यह उनके बोलने के तरीके से ही पता चल रहा था। फेलू दा झट से उठकर दरवाजे में चिटकनी लगाकर वापस अपनी जगह बैठकर दबी जबान में बोले, "ऐसे ही जान से मारने की धमकी मिल रही है, ऊपर से आप डाई-डाई कर रहे हैं।"

"नहीं, मतलब।"

"जिस मुस्तैदी से उस अटैची के पीछे बदमाश पड़े हैं, उससे इसमें कोई आश्चर्य की बात नहीं, लेकिन मैं कोई जौहरी तो हूँ नहीं।"

"तो फिर इसकी वै-वै...।"

"मुझे हीरे की कीमत का कोई अन्दाज नहीं है। इसके कैरेट का थोड़ा-बहुत अन्दाज है। कोहिनूर हीरे की फोटो एक्चुअल साइज में देखी है। मेरा अनुमान है, यह पचास कैरेट का है। कीमत कई लाख होनी चाहिए।"

फेलू दा अभी भी उस पत्थर को उलट-पुलटकर देख रहे थे। मैंने दबी जबान से पूछा, "धमीजा के पास यह चीज कैसे पहुँची?"

फेलू दा बोले, "वह आदमी सेब की खेती करता है और ट्रेन में बैठकर जासूसी उपन्यास पढ़ता है—इसके अतिरिक्त कुछ पता ही नहीं चला है तो इस सवाल का जवाब कैसे दे सकता हूँ, बता।"

अब जाकर लालमोहन बाबू ठीक तरह से बोलने के काबिल हुए। उन्होंने पूछा, "तो क्या यह पत्थर धमीजा को लौटा दिया जाएगा?"

"अगर लगे कि यह उन्हीं का है तो अवश्य लौटा दिया जाएगा।"

"मतलब आपके हिसाब से यह पत्थर उनका नहीं भी हो सकता है?"

"इससे पहले एक सवाल यह भी उठता है—बंगाल के अलावा भी क्या इसी तरह कतरकर सुपारी खाने या काटने का रिवाज है?"

"तो फिर?"

"तोपसे, और कोई किन्तु-परन्तु नहीं, अब केस एक नया मोड़ ले रहा है। अब केवल चारों तरफ आँखें खोलकर बड़ी सतर्कता से सोच-समझकर कदम रखने की जरूरत है। अब फालतू बातें करने का वक्त नहीं है।"

फेलू दा ने अपने सामने की जेब से पर्स निकालकर एक चेन खोलकर उसमें उस पत्थर को रख दिया। फिर पर्स अपनी जेब में रखकर ऊपर की बर्थ पर चले गए। मैं जानता था इस समय उन्हें परेशान करना उचित नहीं होगा। लालमोहन बाबू कुछ कहने जा रहे थे, मैंने अँगुली के इशारे से उन्हें रोक दिया। उन्होंने तब मुझसे ही कहा, "जानते हो भाई, सोच रहा हूँ अब रहस्य-कहानी लिखना छोड़ दूँगा।"

मैंने पूछा, "क्यों? क्या हुआ?"

"पिछले दो दिनों में जिस तरह की घटनाएँ घटीं, वह क्या बनाकर लिखना सम्भव है? कहते हैं न—ट्रुथ इज स्ट्रांगर दैन फिक्शन।"

"स्ट्रांगर नहीं, स्ट्रेंजर।"

"स्ट्रेंजर?"

"हाँ, मतलब और ज्यादा विस्मयकर।"

"लेकिन स्ट्रेंजर का मतलब तो आगन्तुक है। ओ हो, नहीं-नहीं, स्ट्रेंज, स्ट्रेंजर, स्ट्रेंजेस्ट..."

मैं एक बात उनसे कहे बिना रह नहीं पाया। मैं जानता था कि इस बात से वह बहुत प्रसन्न होंगे।

"आपके कारण ही हमें यह हीरा मिल गया है। आपने सुपारी खा-खाकर खत्म कर दी थी तभी तो यह नकली सुपारी मिली।"

लालमोहन बाबू परम तृप्ति से हँसने लगे।

"तो तुम कहते हो मेरा भी कुछ कंट्रीब्यूशन है। मान रहे हो। हे-हे-हे-हे।"

फिर कुछ सोचकर बोले, "मुझे क्या लगता है जानते हो, मुझे लगता है तुम्हारे भैया हीरे की बात शुरू से ही समझ गए थे इसीलिए इन्होंने यह केस लिया था, नहीं तो जरा सोचकर देखो दो-दो अटैची चोरी हो गईं लेकिन हीरा हमारे पास ही रह गया। अगर पहले से नहीं जानते तो क्या ऐसा होना सम्भव था?"

सच ही तो है। लालमोहन बाबू ने ठीक ही कहा था, सुपारी का वह डिब्बा अभी तक चोरों के हाथ नहीं लगा था। दिल्ली में होटल के कमरे में घुसकर अटैची चुराने का प्रयास भी बेकार चला गया। हीरा अभी तक हम लोगों के पास यानी फेलू दा की जेब में मौजूद है।

"इसका मतलब बदमाशों के चंगुल से अभी भी छुटकारा नहीं है।"

"शायद शिमला पहुँचने के बाद भी नहीं मिलेगा।"

यही सब बातें सोचते-सोचते कब सो गया, पता नहीं चला। जब आँख खुली शायद आधी रात थी। ट्रेन कालका की तरफ भागी जा रही थी। बाहर अब भी अँधेरा था, हमारे कम्पार्टमेंट के भीतर भी अँधेरा था। इसका मतलब फेलू दा भी सो रहे थे। उलटी तरफ नीचे की सीट पर जटायु सो रहे थे। रीडिंग लाइट जलाकर घड़ी देखने जा रहा था। तभी मेरी नजर दरवाजे की तरफ गई। दरवाजे के घिसे हुए शीशे पर अन्दर से पर्दा टँगा था। परदे की बाईं तरफ खुली जगह से शीशे का कुछ हिस्सा दिख रहा था। उस शीशे पर किसी व्यक्ति की परछाईं देखी।

वह व्यक्ति दरवाजे के बाहर खड़ा होकर जैसे कुछ कर रहा था। कुछ देर देखते ही समझ गया, वह हैंडिल घुमाकर दरवाजे को

खोलने की कोशिश कर रहा था। मैं जानता था दरवाजा अन्दर से बन्द है, नहीं खुलेगा, फिर भी मेरी साँस रुक गई थी।

यह सिलसिला कितनी देर तक चलता, मैं कह नहीं सकता, लेकिन बगल की सीट से लालमोहन बाबू के अचानक ही नींद में 'बूमरैंग' कहकर चीख पड़ने के कारण उस आदमी की परछाईं गायब हो गई थी।

इतनी ठंड में भी मैं पसीने से तर हो गया था।

# आठ

मैंने दार्जिलिंग से कंचनजंघा को देखा था, इस बार हवाई जहाज से दिल्ली आते समय दिन साफ रहने के कारण बर्फ से ढकी अन्नपूर्णा की चोटी को देखा। फिल्मों में पहाड़ी जगहों के दृश्यों में बर्फ के काफी दृश्य देखे हैं, लेकिन शिमला पहुँचकर आँखों के सामने बर्फ गिरते देखकर जिस तरह रोमांचित हो रहा था, वैसा पहले कभी नहीं हुआ था। सड़कों पर अगर स्थानीय लोगों को आते-जाते नहीं देखा होता, मुझे लगता मैं भारतवर्ष से बाहर हूँ। हालाँकि इस शहर में वैसे ही विदेशी प्रभाव है। फेलू दा ने बताया कि दार्जिलिंग की तरह शिमला भी अँगरेजों का बनाया हुआ शहर है। 1899 ई. में लेफ्टिनेंट रॉस नामक किसी व्यक्ति ने अपने लिए शिमला में एक लकड़ी का मकान बनवाया था, तभी से शिमला में अँगरेजों का बसना शुरू हुआ। अच्छा ही हुआ, अँगरेज गरमी बर्दाश्त नहीं कर पाते थे

और गर्मियों में ठंड का आनन्द लेने के लिए पहाड़ों पर रहने के लिए शहर बसाते रहते थे।

कालका से मीटर गेज ट्रेन से यहाँ पहुँचने के बाद कुछ खास नहीं घटा था। कान में रूई वाला वह बूढ़ा भी हमारी ही ट्रेन से शिमला आया और क्लार्क होटल में ही ठहरा था, जहाँ हम रुके थे। लेकिन वह अब हम लोगों पर अधिक नजर नहीं रख रहा था। और अब मुझे लग रहा था कि उस पर शक करना गलत था। सच कहूँ तो वह व्यक्ति मुझे निरीह सीधा-सादा आदमी लग रहा था। लालमोहन बाबू भी हमारे साथ क्लार्क होटल में ठहरे थे। शायद सर्दियों के मौसम में शिमला में ज्यादा सैलानी नहीं आते। इसीलिए पहले से बिना बुक किए भी कमरा मिल गया था।

फेलू दा होटल में पहुँचते ही सामान रखकर पोस्ट ऑफिस तलाशने निकल पड़े थे। हम भी उनके साथ जाना चाहते थे, लेकिन उन्होंने कहा, अटैची पर नजर रखनी होगी इसलिए हम दोनों होटल में ही रुक गए थे। फेलू दा शिमला पहुँचकर भी शिमला या यहाँ की बर्फ पर चर्चा नहीं कर रहे थे और लालमोहन बाबू ठीक इसके विपरीत आचरण कर रहे थे। जो कुछ देखते, कहते—फैनस्टाटिक! मैंने जब उन्हें बताया—सही शब्द फैंटास्टिक है तो जवाब में उन्होंने कहा कि वह अँगरेजी इतनी जल्दी पढ़ते हैं कि अलग से प्रत्येक शब्द को देखने का समय नहीं रहता है। इसके अतिरिक्त यहाँ पोलर बीयर है या नहीं, अभी भी आसमान में अरोरा बोरियालिस दिखता है या नहीं, इस बर्फ से एस्कीमो का मकान इलगू बनाया जा सकता है (मैंने बताया कि सही शब्द इगलू है) या नहीं, आदि बेतुके सवाल लगातार पूछते ही जा रहे थे।

क्लार्क होटल पहाड़ की ढलान पर बना है। होटल की पहली मंजिल पर सामने एक बरामदा था और बरामदे से निकलते ही सड़क थी। पहली मंजिल पर ही मैनेजर का कमरा, लाउंज या बैठने की जगह, हम लोगों का डबल रूम और लालमोहन बाबू का सिंगल रूम था।

लकड़ी की सीढ़ियों से नीचे उतरकर ठहरने के दूसरे कमरे थे और डाइनिंग हॉल भी था।

फेलू दा के लौटने में देर हो गई थी, इसलिए हमें लंच करते-करते दो बज गए थे। डाइनिंग रूम के एक कोने में बैंड बज रहा था। लालमोहन बाबू ने उसे कनसर्ट कहा। हम तीनों के अतिरिक्त उस कमरे में थे—कान में रूई वाला वही बूढ़ा जिसकी ओर फेलू दा का अब ध्यान नहीं था और एक दूसरी मेज पर तीन विदेशी बैठे थे, दो पुरुष और एक महिला। जब हम भोजन के लिए भीतर आ रहे थे, उस समय काला चश्मा पहने नुकीली दाढ़ीवाला सिर पर 'बेरे' कैप पहने हुए एक आदमी कमरे से बाहर चला गया था। जहाँ तक मुझे याद है, कमरे में हम आठ आदमियों के अतिरिक्त और कोई नहीं था।

सूप पीते-पीते फेलू दा से मैंने पूछा, "धमीजा के यहाँ तो आज ही चलना है न?"

"चार बजे का एपायंटमेंट है। तीन बजे निकलने से समय से पहुँच जाएँगे।"

"उनका मकान आप जानते हैं।"

"वाइल्ड फ्लावर हॉल! कुफरी जाने वाले रास्ते में पड़ता है। यहाँ से आठ मील दूर है।"

"तो फिर एक घंटा क्यों लगेगा?"

"सड़क का काफी हिस्सा बर्फ से ढका हुआ है। पाँच मील से ज्यादा स्पीड पकड़ने से गाड़ी फिसल सकती है।" फिर लालमोहन बाबू की तरफ देखकर बोले, "जो कुछ गरम कपड़े लाए हैं, पहन लीजिएगा। हम जहाँ जा रहे हैं, वह शिमला से हजार फीट की ऊँचाई पर है। वहाँ पर यहाँ से बहुत ज्यादा बर्फ है।"

लालमोहन बाबू चम्मच से सूप सुड़कते हुए बोले, "हमारे साथ शेरपा भी जा रहा है?"

उनकी बातें सुनकर मुझे बड़ी हँसी आई लेकिन फेलू दा गम्भीर

स्वर में बोले, "नहीं, वहाँ जाने की सड़क है। गाड़ी जा रही है।"

सूप खत्म करके जब हम खाने का इन्तजार कर रहे थे, फेलू दा एकाएक लालमोहन बाबू से बोले, "आप जिस हथियार की बात कर रहे थे, उसका क्या हुआ?"

लालमोहन बाबू ब्रेड स्टिक का एक टुकड़ा थमाते हुए बोले, "मेरे पास ही है, अभी तक दिखाने का मौका ही नहीं मिला।"

"क्या चीज है?"

"बूमरैंग।"

अरे शाबाश, इसीलिए कल रात वे नींद में बूमरैंग कहकर चीख पड़े थे।

"यह चीज आपको कहाँ मिल गई?" फेलू दा बोले।

"एक ऑस्ट्रेलियन साहब ने अखबार में विज्ञापन दिया था। और कई तरह की चीजों के साथ यह भी था। मैं अपने को रोक नहीं पाया। सुना है निशाना ठीक लगने से वह शिकार को घायल करके शिकारी के पास वापस लौट आता है।"

"आपने कुछ गलत सुना है। शिकार के घायल होने पर वह शिकार के पास ही पड़ा रहता है। निशाना चूकने पर वह वापस आ जाता है।"

"चाहे कुछ भी कहिए—इससे निशाना लगाना बहुत मुश्किल है। मैंने अपने गरपार वाले घर की छत से निशाना साधा था। बूमरैंग दीनेन्द्र स्ट्रीट के एक मकान की दूसरी मंजिल के बरामदे में लटके हुए एक फूल के गमले में लगा और गमला टूट गया। गनीमत थी अपने परिचित का मकान था, इसलिए बूमरैंग वापस मिल गया।"

"आज उसे साथ ले लीजिएगा।"

लालमोहन बाबू की आँखें चमक उठीं, "डेंजर एक्सपॅक्ट कर रहे हैं क्या?"

"उस आदमी को अभी तक हीरा तो हासिल नहीं हुआ है।"

हालाँकि फेलू दा ने यह बात बहुत हल्के ढंग से कही थी लेकिन

मैं समझ गया था, किसी खतरे की आशंका उन्हें भी है।

तीन बजने में पाँच मिनट बाकी थे तभी एक नीले रंग की एम्बेसेडर आकर हमारे होटल के सामने रुकी। हम तीनों सामने बरामदे में कुरसी पर बैठकर इन्तजार कर रहे थे। गाड़ी रुकते ही फेलू दा कुरसी छोड़कर खड़े हो गए। ड्राइवर यहाँ का स्थानीय आदमी था। कम उम्र का बलिष्ठ चेहरे वाला व्यक्ति। फेलू दा गाड़ी में सामने ड्राइवर के साथ बैठे। उनके पास धमीजा की अटैची (नकली) थी। हम दोनों पीछे की सीट पर बैठ गए। लालमोहन बाबू ने अपना बूमरैंग ओवरकोट के अन्दर रख लिया था। लकड़ी की वह चीज मैंने हिला-डुलाकर देखी थी। देखने में काफी हद तक हाकी स्टिक के निचले हिस्से की तरह थी, लेकिन उससे बहुत पतली और चिकनी।

आसमान में सफेद बादल थे, इसलिए बारिश होने की सम्भावना नहीं थी।

ठीक तीन बजे हमारी गाड़ी वाइल्ड फ्लावर हॉल के लिए रवाना हुई।

होटल शहर के बीच में था। हम लोग शिमला आने के बाद से होटल के बाहर नहीं निकले थे। गाड़ी जब शहर से निकलकर सुनसान पहाड़ी रास्ते पर दौड़ने लगी, तब पहली बार बर्फ से ढके शिमला पहाड़ की ठंड का अनुभव हुआ। सड़क की एक तरफ खड़े पहाड़ थे, जो कभी बाईं तरफ पड़ते तो कभी दाहिनी तरफ। एक तरफ पत्थर की दीवार, दूसरी तरफ खाई। सड़क अधिक चौड़ी नहीं थी। किसी तरह दो गाड़ियाँ अगल-बगल चल सकती थीं। पहाड़ की दीवारें घनी झाड़ियों से ढकी थीं।

पहले चार मील की दूरी बड़े आराम से बीस-पच्चीस मील की रफ्तार से तय की गई। कारण इधर सड़क पर बर्फ नहीं के बराबर थी। जंगल के बीच खुली जगहों से दूर पहाड़ों पर बर्फ नजर आ रही थी। कभी-कभी सड़क के एक तरफ पहाड़ पर या चोटियों पर बर्फ दिख

जाती थी। लेकिन अब धीरे-धीरे बर्फ बढ़ने लगी थी। हमारी गाड़ी की रफ्तार कम हो रही थी। पाँच मील के बाद सड़क पर एक हाथ गहरी बर्फ की पर्त शुरू हो गई, जिस पर पहियों के निशान नजर आ रहे थे। उसी निशान के ऊपर से अति सतर्कता से हमारी गाड़ी आगे बढ़ रही थी। जमीन पर फिसलन इतनी ज्यादा थी कि गाड़ी के पहिये घूम जाते थे लेकिन गाड़ी वहीं रुकी रह जाती थी।

हमारी नाक और कान धीरे-धीरे ठंडे हो रहे थे। लालमोहन बाबू एक बार बोले, उनके कान में जैसे किसी ने ताला जड़ दिया हो। फिर बोले, उनकी नाक बन्द हो रही है। हालाँकि मैं अपने शरीर को लेकर बिलकुल परेशान नहीं था। मैं केवल सोच रहा था, किस विचित्र जगह पहुँच गए हैं हम लोग! यह ऐसी जगह थी जहाँ मनुष्य के रहने का कोई मतलब नहीं होता। यहाँ केवल बर्फ के देश के पक्षियों और कीड़े-मकोड़ों को रहना चाहिए। लेकिन दूसरे ही क्षण मुझे लगा, यह सड़क इनसानों ने ही बनाई है। रास्ते में बर्फ के ऊपर गाड़ी के पहियों के निशान हैं। इस रास्ते पर कुछ देर पहले ही एक गाड़ी गई है। बहुत दिनों से गाड़ियाँ आ-जा रही हैं। बहुत दिनों तक जाएँगी। और सच तो यह है कि अगर हमारे आने से बहुत पहले से लोग यहाँ नहीं आए होते तो इतना अद्‍भुत दृश्य क्या हमें देखने को मिल पाता?

इस बर्फीले राज्य के बीच से और बीस मिनट चलने के बाद अचानक रास्ते के किनारे एक लकड़ी के काले तख्ते पर 'वाइल्ड फ्लावर हॉल' लिखा हुआ दिखा। बिना किसी झमेले के हमारी यात्रा इतनी आसानी से पूरी हो जाएगी, मैंने सोचा भी नहीं था।

उसके बाद थोड़ा और आगे जाने के बाद एक फाटक मिला, जिस पर धमीजा के मकान का नाम लिखा था—'द नूक।' गाड़ी दाहिनी ओर मोड़कर फाटक के भीतर थोड़ा आगे बढ़ने पर पुराने विलायती डिजाइन का टावर वाला विशाल मकान दिखा। मकान की छत और दीवार पर बर्फ की मोटी पर्त पड़ गई थी। विलायती मिजाज का व्यक्ति

न होने पर कोई इस मौसम में, ऐसी, जगह इस तरह के मकान में नहीं रह सकता।

हमारी टैक्सी पोर्टिको के नीचे जाकर खड़ी हो गई थी। हम लोगों के गाड़ी से उतरते ही गर्म वरदी वाला दरबान आकर फेलू दा से कार्ड लेकर मकान के अन्दर चला गया। एक मिनट के भीतर मकान के मालिक स्वयं बाहर निकल आए।

"गुड आफ्टरनून मिस्टर मिटर। आपकी पंक्चुअलिटी प्रशंसनीय है। अन्दर आइए, प्लीज!"

धमीजा के अँगरेजी बोलने का लहजा अँगरेजों की तरह था। उनके बारे में सुनकर जैसी कल्पना की थी, उनका चेहरा उससे मिलता-जुलता ही था। फेलू दा ने उनसे मेरा और लालमोहन बाबू का परिचय करवाया। इसके बाद हम सब एक साथ भीतर गए। लकड़ी के फर्श और दीवारों वाला बड़ा-सा ड्राइंग रूम, जिसके एक तरफ बने फायर प्लेस में आग जल रही थी। फेलू दा ने सोफे पर बैठने से पहले हाथ की अटैची को उसके मालिक को पकड़ा दिया। धमीजा के निश्चिन्त भाव से समझ गया, हम लोगों का घपला वे पकड़ नहीं पाए हैं।

"थैंक यू सो मच! मिस्टर लाहिड़ी की अटैची भी मैंने यहीं लाकर रखी है।"

"एक बार अटैची खोलकर नजर दौड़ा लीजिए।" फेलू दा अँगरेजी स्टाइल में हँसते हुए बोले।

धमीजा भी हँसते हुए बोले, "वेल, इफ यू से सो।" यह कहकर अटैची खोलकर उसमें रखी चीजों को सरसरी तौर पर देखकर बोले, "ठीक है, मगर ये अखबार मेरे नहीं हैं।"

"आपके नहीं हैं?" फेलू दा ने कहा। इस बीच उन्होंने उन अखबारों को धमीजा से ले लिया था।

"नहीं, एंड नाइदर इज दिस।" धमीजा कालका स्टेशन में खरीदी

हुई सुपारी से भरा कोडक का डिब्बा फेलू दा को लौटाते हुए बोले, "बाकी सब ठीक है।"

"ओहो!" फेलू दा ने कहा, "शायद यह गलती से आपके बक्से में रख दिया गया है।"

खैर, यह साफ हो गया कि उस पत्थर का धमीजा से कोई सम्बन्ध नहीं था, तो फिर यह डिब्बा उस बक्से में कैसे पहुँचा?

"एंड हियर इज मिस्टर लाहिड़ीज अटैची।"

कमरे के एक तरफ रखी मेज के ऊपर से दीननाथ बाबू की अटैची फेलू दा के पास पहुँच गई। धमीजा हँसते हुए बोले, "आपने हमसे जो बात कही, वही बात मैं आपसे कहना चाहता हूँ—एक बार अटैची खोलकर देख लीजिए।"

फेलू दा बोले, "मिस्टर लाहिड़ी केवल एक चीज के लिए परेशान थे—एंटारो डॉयोफार्म की शीशी।"

"इट्स देयर। अटैची में ही है।" मिस्टर धमीजा बोले।

"एक मैनुस्क्रिप्ट भी थी न?"

"मैनुस्क्रिप्ट?"

फेलू दा ने अटैची खोल ली थी। टटोलने की आवश्यकता नहीं थी। पाँच हाथ दूर से ही दिख रहा था, उसमें कॉपी की तरह कोई चीज नहीं थी।

फेलू दा की भौंहें बुरी तरह सिकुड़ गई थीं। वे उस खुली अटैची को एकटक देख रहे थे।

"कैसी मैनुस्क्रिप्ट की बात कर रहे हैं आप?" धमीजा ने पूछा।

फेलू दा अब भी खामोश थे। मैं उनकी मानसिक हालत समझ रहा था। या तो उन्हें धमीजा को उनके मुँह पर चोर कहना होगा, नहीं तो मैनुस्क्रिप्ट के बगैर अटैची लेकर थैंक्यू कहकर चलना होगा।

धमीजा ही बोले जा रहे थे, "आई ऐम वेरी सॉरी मिस्टर मिटर! लेकिन मैंने जब पहली बार ग्रैंड होटल में अपने कमरे में यह अटैची

खोली थी, उस समय उसमें जो कुछ था अभी भी उसमें वे सारे सामान हैं। इसमें कोई कॉपी नहीं थी। अटैची के मालिक का पता ढूँढ़ने के लिए मैंने इसे बहुत अच्छी तरह देखा था। शिमला पहुँचने के बाद से यह अटैची मेरी अलमारी में ताले में बन्द थी। एक बार के लिए भी दूसरे किसी के हाथ नहीं लगी है—मैं इसकी गारंटी देता हूँ।"

इसके बाद फेलू दा क्या कर सकते थे। वे कुरसी से उठकर संकोच प्रकट करते हुए बोले, "हमसे ही गलती हो गई है मिस्टर धमीजा! बुरा मत मानिएगा। अच्छा, थैंक्स यू वेरी मच।"

"एक प्याला कॉफी या चाय!"

"अरे नहीं, नहीं, थैंक यू! आज हमें आज्ञा दीजिए। गुड बाई...।" हम सब वहाँ से निकल पड़े। वह यात्रा-संस्मरण कहाँ गायब हो गया? इस अटैची में क्यों नहीं था वे यह समझ नहीं पा रहे थे। अचानक याद आया नरेश पाकड़ासी ने कहा था उन्होंने गाड़ी में दीननाथ बाबू को कोई पांडुलिपि पढ़ते नहीं देखा था। क्या यही बात सच है?

तो क्या पांडुलिपि की बात दीननाथ बाबू की मनगढ़ंत थी?

# नौ

लौटते समय बहुत जल्दी अँधेरा हो गया था। लेकिन दिन अब भी ढला नहीं था, घड़ी में चार बजकर पचीस मिनट हुए थे। तो रोशनी इतनी कम क्यों थी?

कार की खिड़की खोलकर झाँककर आसमान की ओर देखते ही कारण समझ गया था। अब आसमान में काले बादल घिर आए थे। क्या बारिश होने वाली थी? शायद नहीं। वैसे भी रास्ते में बहुत फिसलन थी। हालाँकि हम ढलान से नीचे जा रहे थे। इसका मतलब यह नहीं कि हमारी गाड़ी और तेज चलने वाली थी, बल्कि उतरते समय फिसलने का खतरा ज्यादा रहता है। इतनी गनीमत थी कि इस वक्त रास्ते में गाड़ियों का आना-जाना नहीं के बराबर था।

फेलू दा ड्राइवर के साथ खामोश बैठे थे, उनकी नजर सामने सड़क

पर थी। मुझे उनका चेहरा नहीं दिख रहा था। फिर भी न जाने क्यों मुझे लग रहा था, उनकी भौंहें सिकुड़ी हुई थीं। मैं भलीभाँति समझ रहा था, वह किसी सोच में खोए हुए थे। दीननाथ बाबू और धमीजा दोनों में से किसी एक ने झूठ बोला था। धमीजा के बैठक की अलमारियाँ भी किताबों से भरी हुई थीं। उनके लिए क्या शम्भूचरण का नाम जानना सम्भव नहीं था? पचास साल पहले लिखे गए यात्रा-संस्मरण पर क्या उनका प्रलोभन नहीं हो सकता है? लेकिन अगर धमीजा के पास वह पांडुलिपि हो भी तो वह उसे कैसे वापस लेंगे?...

मैं बखूबी समझ गया था—रहस्य अब एक नहीं, दो हैं—एक हीरे का, दूसरा शम्भूचरण की पांडुलिपि का। फेलू दा के अकेले के लिए इन दो गहरे रहस्यों को सुलझाना क्या सम्भव था?

ठंड बढ़ रही थी। साँस के साथ नाक-मुँह से धुआँ निकल रहा था। लालमोहन बाबू ओवरकोट का बटन खोलकर हाथ डालकर मुँह से भक-भक कर ढेर सारी भाप छोड़कर बोले, "बूमरैंग भी बर्फ की तरह ठंडा हो गया है। ऑस्ट्रेलिया की चीज है, ठंड में काम तो करेगी?" मैं पूछने वाला था कि ऑस्ट्रेलिया में भी किसी-किसी जगह बहुत ठंड पड़ती है, बर्फ भी गिरती है, लेकिन मैं पूछ नहीं पाया। उसके पहले ही उलटी तरफ से एक गाड़ी हमारी गाड़ी के सामने आकर तिरछी खड़ी हो गई। शायद कोशिश करने से किसी तरह उसके बगल से निकल सकते थे, लेकिन वैसा करना खतरनाक हो सकता था।

हमारे ड्राइवर के बार-बार हॉर्न बजाने के बावजूद जब गाड़ी नहीं हटी, तब मैं समझ गया था, मामला गड़बड़ है।

फेलू दा ने कुछ कहे बिना स्टियरिंग पर हाथ रखकर ड्राइवर से गाड़ी रोकने के लिए कहा और ड्राइवर ने भी बड़ी सावधानी से सड़क के किनारे पहाड़ की तरफ ले जाकर गाड़ी रोक दी थी। हम चारों ही कीचड़ और बर्फ से सने सड़क पर उतरे।

चारों तरफ सन्नाटा छाया हुआ था। इतने पेड़ होने के बावजूद एक भी चिड़िया नहीं बोल रही थी। और सबसे ज्यादा चौंकानेवाली बात थी कि सामने जो गाड़ी खड़ी थी, वह हमारी तरह एम्बेसेडर कार थी, लेकिन उसका यात्री या ड्राइवर कोई दिख नहीं रहा था। किसी के होने की आहट भी नहीं थी।

हम सब बड़ी सतर्कता से रास्ते पर नजर टिकाकर बर्फ पर, जहाँ गाड़ी के पहिये के निशान बने थे, उसी पर कदम रखते हुए चल रहे थे। इतने में लालमोहन बाबू अचानक चौंककर थोड़ा उछलकर पैर फिसलने से बर्फ पर मुँह के बल गिर पड़े, अचानक एक 'छपाक' की आवाज के कारण वे चौंक गए थे। मैं समझ गया, वह आवाज चीड़ के पेड़ की डाल से बर्फ के एक टुकड़े के गिरने से हुई थी। इस विचित्र खामोशी में अचानक ऐसी आवाज सुनकर चौंकना स्वाभाविक था।

लालमोहन बाबू का हाथ पकड़कर, उन्हें उठाकर हम फिर आगे बढ़ने लगे।

थोड़ा आगे बढ़ते ही हमने देखा कि गाड़ी में एक आदमी ड्राइवर की सीट पर बैठा था।

हमारे ड्राइवर ने कहा कि वह उसे पहचानता है। उस टैक्सी को भी वह पहचानता था। वह आदमी उसी टैक्सी का ड्राइवर था। उसका नाम अरविन्द था। वह या तो मर गया होगा या बेहोश हो गया होगा, हमारे ड्राइवर हरविलास ने बताया।

फेलू दा का हाथ उनके कोट के अन्दर पहुँच गया। मुझे पता था उसमें उनका रिवॉल्वर है।

छपाक!

फिर बर्फ का बड़ा टुकड़ा पास के किसी पेड़ से जमीन पर गिरा। लालमोहन बाबू ने चौंकने के बावजूद इस बार अपने को सँभाल लिया।

लेकिन इसके बाद जो कुछ हुआ, उसके कारण उन्हें एक बार फिर बर्फ पर गिरना पड़ा।

तभी पिस्तौल का जोरदार धमाका होते ही हमारे सामने दो हाथ की दूरी पर रास्ते के कुछ हिस्से की बर्फ फुलझड़ी की तरह बिखर गई और वह धमाके की आवाज काफी देर तक पहाड़ से प्रतिध्वनित होती रही।

हम उस गाड़ी के काफी करीब पहुँच चुके थे। यह आवाज सुनते ही फेलू दा मेरा हाथ पकड़कर एक झटके में गाड़ी की आड़ में पेट के बल लेट गए और दूसरे ही क्षण लालमोहन बाबू लुढ़कते हुए हम लोगों के पास आ गए। हमारे ड्राइवर ने भी छलाँग लगाकर गाड़ी के पीछे आड़ ले ली। हालाँकि वह जवान आदमी था लेकिन लग रहा था उसे पहले कभी ऐसे हालात का सामना नहीं करना पड़ा था।

वह गोली हमारे रास्ते के बगल में खड़ी चढ़ाई के पहाड़ के ऊपर से चलाई गई थी। अन्दाज से लग रहा था हमलावर अब हमें देख नहीं पा रहा था क्योंकि हम काली एम्बेसेडर की आड़ में हो गए थे।

मैं जमीन में उस तरह मुँह के बल लेटे हुए भी महसूस कर रहा था कि नया कुछ घटित हो रहा है। मेरी गरदन में ठंडी-ठंडी कोई चीज गुदगुदी कर रही थी। गरदन घुमाकर देखते ही समझ गया था, बात क्या थी। चारों तरफ आसमान से रूई की तरह महीन बर्फ गिर रही थी। कितनी अद्‌भुत थी बर्फ की यह बारिश। मैंने पहली बार महसूस किया कि बर्फ गिरने की कोई आवाज नहीं हो रही थी। लालमोहन बाबू कुछ कहने जा रहे थे लेकिन फेलू दा ने जीभ निकालकर साँप की तरह आवाज निकालकर उन्हें रोक दिया था।

अचानक चारों तरफ की खामोशी टूटी। इस बार गोली की आवाज नहीं थी, न पेड़ से बर्फ गिरने की आवाज, न बर्फ पर गाड़ी के पहिये की आवाज, बल्कि इस बार आवाज किसी आदमी की थी।

"सुनिए, मिस्टर मित्र!"

यह किसकी आवाज थी? यह स्वर जाना-पहचाना-सा लगा।

"सुनिए मिस्टर मित्र! मैंने आप लोगों को अपने निशाने में ले लिया है, यह आप समझ ही रहे होंगे, इसीलिए कोई चालाकी करने का प्रयास मत कीजिए। उससे कोई फायदा नहीं होगा, बल्कि जान का खतरा होगा।"

चिल्लाकर कहे गए इन शब्दों ने पहाड़ों से प्रतिध्वनित होकर वहाँ के ठंडे माहौल को गरमा दिया। उसके बाद फिर बातें शुरू हुईं—

"मैं आप लोगों से केवल एक चीज चाहता हूँ।"

"कौन-सी चीज?" फेलू दा ने ऊपर पहाड़ की तरफ मुँह करके पूछा।

"आप गाड़ी के पीछे से निकलकर सामने आइए। मैं आपको देखना चाहता हूँ। लेकिन आप मुझे नहीं देख पाएँगे। आपके सामने आने के बाद आपके प्रश्नों का जवाब मिलेगा।"

मेरे कान के पास ही एक तरह की आवाज आ रही थी। कुछ समय से मैं सोच रहा था, यह आवाज गाड़ी के अन्दर से आ रही है। अब समझ गया, यह लालमोहन बाबू के दाँत बजने की आवाज थी।

फेलू दा बर्फ के ऊपर से उठकर गाड़ी की उलटी तरफ जाकर खड़े हो गए। वे कुछ बोल नहीं रहे थे। शायद वे समझ गए थे, इस स्थिति में हुक्म मानने के सिवा कोई चारा नहीं है। फेलू दा को मैंने कभी ऐसी विपरीत परिस्थिति का सामना करते हुए देखा है, यह मुझे याद नहीं आ रहा था।

फिर आवाज सुनाई दी—"आपके साथ तीन लोग और हैं। अगर वे किसी तरह की चालाकी करने की कोशिश करेंगे तो उसी वक्त उन्हें इसकी सजा मिल जाएगी, वे इस बात को याद रखें।"

"अब आप बताएँगे, आप क्या चाहते हैं?" फेलू दा बोले। गाड़ी के पिछले पहिये के बीच से हम फेलू दा को देख रहे थे। फेलू दा की नजर ऊपर की ओर थी। उनके सामने पहाड़ के बड़े हिस्से पर बर्फ की

चट्टान थी, उसके ऊपर घनी झाड़ियाँ थीं, जिनसे वह हमलावर हमें देख रहा था और बात भी कर रहा था।

फिर उसकी आवाज सुनाई दी—

"आप अपना रिवॉल्वर निकालिए।"

फेलू दा ने निकाल लिया।

"उसे अपने सामने के पहाड़ की बर्फ पर फेंक दीजिए।"

फेलू दा ने ऐसा ही किया।

"आपके पास कोडक का डिब्बा है?"

"है!"

"दिखाइए।"

फेलू दा ने कोट की जेब से पीला डिब्बा निकालकर ऊपर उठाकर दिखाया।

"उसमें एक पत्थर था, जरा उसे दिखाइए।" फेलू दा ने अपनी कोट के सामने की जेब में हाथ डाला, जेब से पत्थर निकालकर फेलू दा ने उसे दो अँगुलियों में लेकर दिखाया।"

एक क्षण सब चुप थे। वह आदमी जरूर यह पत्थर देख रहा होगा। क्या उसके पास दूरबीन भी थी?

"ठीक है, अब उसे उस डिब्बे में पहले की तरह रखने के बाद, अपने दाहिने तरफ सड़क के किनारे वाले काले पत्थर पर रखकर आप लोग शिमला लौट जाएँ। अगर आप सोचते हैं..."

उस सज्जन की बात पूरी होने से पहले ही फेलू दा बोले, "आपको वह पत्थर चाहिए न!"

"क्या यह भी कहना होगा?" बर्फ की तरह ठंडा जवाब मिला।

"तो यह लीजिए।"

यह सब कुछ इतनी जल्दी घट गया कि कुछ क्षणों के लिए मेरी आँखों के सामने अँधेरा छा गया।

फेलू दा ने यह कहते हुए अपने हाथ में पकड़े पत्थर को जहाँ से बातों की आवाज आ रही थी, सीधा वहीं फेंक दिया और उसके बाद खून जमा देने वाली एक वीभत्स घटना घट गई। हमारा वह छिपा हुआ दुश्मन उस पत्थर को लपकने की कोशिश में, झाड़ियों के पीछे से कूदकर सामने आने के बाद, बर्फ में पैर धँस जाने से अपना सन्तुलन खोकर लुढ़कते हुए पचास हाथ की ऊँचाई से, नीचे सड़क के किनारे बर्फ से जमे नाले पर गिर पड़ा। लुढ़कते हुए ही उसके हाथ की दूरबीन और पिस्तौल, आँखों का काला चश्मा और ठोढ़ी से चिपकी नकली दाढ़ी निकलकर बर्फ पर इधर-उधर बिखर गईं।

इसके बाद छिपने की कोई आवश्यकता नहीं थी। हम तीनों दौड़कर फेलू दा के पास पहुँच गए। मेरी धारणा थी इतनी ऊँचाई से लुढ़ककर गिरने से अगर उसकी मौत न भी हुई हो तो भी वह बेहोश तो जरूर हो गया होगा। लेकिन मैं यह देखकर चौंक गया कि वह लेटे-लेटे ही चमकती हुई भूरी आँखों से फेलू दा को घूर रहा था और लम्बी साँसें भर रहा था!

उसकी आवाज जानी-पहचानी-सी लग रही थी। इसमें चौंकाने वाली कोई बात नहीं थी क्योंकि यह वही विफल फिल्म अभिनेता अमर कुमार उर्फ श्री प्रवीर कुमार लाहिड़ी, दीननाथ लाहिड़ी का भतीजा था।

फेलू दा ठंडे रूखे स्वर में बोले, "अब तो समझ ही रहे हैं प्रवीर बाबू, किसने किसको काबू में किया है। तो अब कुछ छिपाने का कोई मतलब नहीं होता। कहिए आप क्या चाहते हैं?"

अमर कुमार के चेहरे पर बर्फ के चूरे गिर रहे थे। वह अब भी फेलू दा की तरफ एकटक देख रहा था। मेरे लिए अब भी बहुत कुछ रहस्य ही था, लेकिन मुझे लग रहा था कि प्रवीर कुमार की बातों से रहस्य पर से परदा हट जाएगा।

फेलू दा कुछ देर चुप रहने के बाद बोले, "ठीक है, अगर आप नहीं कह सकते तो मुझे ही कहने दीजिए। अगर आपको विरोध करना हो

तो कीजिएगा। यह हीरा आपको उस नेपाली बक्से में मिला था। अनुमान है यह अमूल्य रत्न नेपाल के शराबी राजा ने कृतज्ञता स्वरूप शम्भूचरण को दिया था। हो सकता है वह नेपाली बॉक्स असल में शम्भूचरण का ही रहा हो। अपनी मृत्यु से पहले उन्होंने यह बॉक्स अपने दोस्त सतीनाथ लाहिड़ी को दे दिया होगा। सतीनाथ बाबू अपनी गम्भीर बीमारी के कारण इस हीरे की बात किसी को बता नहीं पाए थे। कुछ ही दिनों पहले यह हीरा आपको उस बक्से में मिला था, फिर आपने उसे सुपारी के रंग में रँगकर सुपारी बनाकर कोडक के डिब्बे में गोंद से चिपकाकर रखा था और सुरक्षित समझकर उसे चाचा से मिली अटैची में रख दिया था। लेकिन दूसरे ही दिन वह अटैची आपके घर से मेरे घर में चली जाएगी, यह आपने सोचा भी नहीं था। उस दिन छिपकर हमारी बातें सुनने के बाद से ही आप उसे हथियाने का मौका तलाश रहे थे। मिस्टर पुरी के नाम से आपके टेलीफोन करने तथा प्रीटोरिया स्ट्रीट में गुंडे लगाने से जब कोई फायदा नहीं हुआ, तब आप हमारा पीछा करते हुए दिल्ली तक आए। इससे भी आप कुछ हासिल नहीं कर पाए। जनपथ होटल में हमला भी बेकार गया इसलिए आपको मजबूरन शिमला आना पड़ा और उसके बाद आज की यह दुर्दशा...।"

फेलू दा चुप हो गए। हम फेलू दा के पास खड़े थे। यहाँ तक कि हमारा ड्राइवर भी खड़ा था।

"कहिए प्रवीर बाबू, मैंने कुछ गलत कहा?"

प्रवीर बाबू की दहकती आँखों में चमक आ गई। अद्भुत धूर्त नजरों से फेलू दा की तरफ देखते हुए बोले, "आप किसकी बात कर रहे हैं, कैसा हीरा? मुझे तो कुछ समझ में नहीं आ रहा है।"

मेरा दिल धड़क उठा। हीरा तो बर्फ के नीचे दब गया था जिस पर और भी बर्फ जमती जा रही थी।

"क्यों, आप इसे नहीं पहचानते?"

फिर चौंकाने वाली बात हुई। फेलू दा ने अब अपने सामने की जेब से एक और पत्थर निकाला। इस बर्फ पड़ने वाली बादल घिरी शाम के समय भी उसकी चमक से आँखें चौंधिया रही थीं।

"बर्फ के नीचे जो दब गया है, उसकी कीमत जानते हैं? महज पाँच रुपये! आज सुबह ही मिलर जॅम कम्पनी से खरीदा था। और यही है..."

प्रवीर कुमार ने शेर की तरह छलाँग लगाकर फेलू दा पर हमला करके उनके हाथ से उस हीरे को छीन लिया।

ठक्क।

अचानक एक जब्बर हथियार ने प्रवीर कुमार के सिर पर वार करके उसे बेहोश कर दिया। वह दोबारा बर्फ पर गिर गया। उसकी मुट्ठी ढीली हो गई। उसके हाथ का हीरा फिर फेलू दा के हाथ में आ गया था।

"थैंक यू लालमोहन बाबू!"

फेलू दा का धन्यवाद लालमोहन बाबू के कानों में पहुँचा या नहीं, यह मैं नहीं जानता। वे अब भी अपने ही हाथ में लिए हुए बूमरैंग को मुग्ध दृष्टि से देख रहे थे।

# दस

प्रवीर कुमार इस समय केंचुआ बन गया था। शिमला लौटते वक्त उसने गाड़ी में ही सब स्वीकार कर लिया था। हालाँकि फेलू दा ने अपनी पिस्तौल हासिल कर ली थी और उनके हाथ में पिस्तौल होने के कारण प्रवीर कुमार से सच उगलवाने में सुविधा हुई थी। प्रवीर कुमार को बूमरैंग मारने के बाद लालमोहन बाबू ने ही रास्ते से बर्फ उठाकर उसके माथे पर लगाई थी। इससे उसे कुछ फायदा हुआ था या नहीं, मैं कह नहीं सकता। बेहोश ड्राइवर भी अब काफी ठीक हो गया था। उसे रुपयों का लालच देकर अपने पक्ष में न कर पाने के बाद प्रवीर बाबू ने उसे घायल कर दिया था।

'अशरीरी' फिल्म से निकाल दिए जाने के बाद से ही प्रवीर कुमार का दिमाग खराब हो गया था। क्योंकि उसे भरोसा था कि फिल्म में अभिनय करके वह नाम और शोहरत दोनों हासिल करेगा। लेकिन उसकी

आवाज उसमें बाधा बन गई। सीधे रास्ते कुछ हासिल नहीं होनेवाला सोचकर उसने गलत रास्ते का सहारा लेने की बात सोची। उसी समय वह नेपाली बक्सा उसे मिल गया। उस बक्से को टटोलकर उसे वह पत्थर मिला। उसकी परख करवाकर दाम जानने के बाद उसका दिमाग चकरा गया।

अब वह स्वयं फिल्म बनाकर उसमें हीरो बनने का सपना देखने लगा, जिससे कोई उसे फिल्म से बाहर न कर सके। उसके बाद की घटनाएँ तो सभी जानते हैं।

फिलहाल प्रवीर कुमार को शिमला में हिमाचल प्रदेश की स्टेट पुलिस कस्टडी में रखा गया था। हीरा मिलने के बाद ही फेलू दा को शक हो गया था इसीलिए उन्होंने शिमला पहुँचते ही दीननाथ बाबू को टेलीफोन करके शिमला पहुँचने के लिए कहा था, लेकिन कारण नहीं बताया था। कल ग्यारह बजे की गाड़ी से शिमला पहुँचने के बाद वे अपने भतीजे के बारे में जैसा उचित समझें, करें। हीरा शायद दीननाथ बाबू के ही अधिकार में रहने वाला था क्योंकि यह उनके ताऊ जी का था।

पूरी बातें सुनने के बाद मैंने पूछा, "हीरे का रहस्य तो समझ गया लेकिन शम्भूचरण बाबू का यात्रा-संस्मरण कहाँ गया?"

फेलू दा बोले, "वह दूसरा रहस्य है। दो-नली-बन्दूक तो जानता ही है न, उसी तरह हमारी अटैची का रहस्य भी है—दोनाली रहस्य।"

"इस दूसरे रहस्य का कुछ समाधान हो पाया?" मैंने पूछा।

"हाँ, हुआ है। थैंक्स टु अखबार एंड पानी का गिलास।"

शम्भूचरण की पांडुलिपि के रहस्य से फेलू दा की इस बात का रहस्य मुझे कुछ कम नहीं लगा।

रास्ते में फेलू दा कुछ नहीं बोले, चुप रहे।

अभी हम क्लार्क होटल के ऊपर की खुली छत पर रंगीन छतरी के

नीचे बैठकर हॉट चॉकलेट पी रहे थे। कुल आठ टेबिल थे, एक मेज पर हम तीनों बैठे थे, एक दूसरी मेज पर दो जापानी बैठे थे और एक दूसरी मेज पर कान में रूई डालने वाले वह सज्जन। खैर, अभी उनके कान में रूई नहीं थी। आसमान में बादल छँट चुके थे लेकिन शाम का वक्त होने के कारण रोशनी काफी कम थी, शहर की सड़कों और मकानों की बत्तियाँ धीरे-धीरे जल रही थीं।

लालमोहन बाबू अब तक चुप थे। उन्हें देखकर लग रहा था, वह कुछ सोच रहे हैं। आखिरकार चॉकलेट की एक बड़ी चुस्की लेकर बोले, "सभी मनुष्यों के भीतर शायद एक पाशविकता रहती है, ऐसा नहीं है क्या फेलू बाबू? बूमरैंग से आघात लगने से जब वह सज्जन गिर गए थे, तब मैं अपने अन्दर बेहद जोश महसूस कर रहा था, जिसे उल्लास कहना भी गलत नहीं होगा। कितने आश्चर्य की बात है!"

फेलू दा बोले, "मनुष्य के पूर्वज बन्दर थे, इतना तो आप जानते हैं। आजकल एक नई थ्योरी निकली है जिसमें कहा गया है केवल बन्दर नहीं, अफ्रीका के एक विशेष प्रजाति के बन्दर हमारे पूर्वज हैं, इसलिए प्रवीर बाबू के सिर पर बूमरैंग मारकर आपको जो प्रसन्नता हुई थी, उसके लिए आपके पूर्वज ही जिम्मेदार हैं।"

हम लोग कितना भी बन्दर और बूमरैंग की चर्चा करें, मेरा ध्यान बार-बार शम्भूचरण के यात्रा-संस्मरण पर ही था। वह किसके पास है? वह पांडुलिपि होगी? या फिर किसी के पास नहीं होगी या कभी थी ही नहीं!

आखिरकार मुझसे रहा नहीं गया, मैंने पूछ ही लिया, "फेलू दा, धमीजा झूठ बोल रहे हैं या दीननाथ बाबू?"

फेलू दा बोले, "दोनों में से कोई भी झूठ नहीं बोल रहा है।"

"मतलब वह यात्रा-संस्मरण वाकई है?"

"हाँ, है," फेलू दा गम्भीर थे, "लेकिन वह वापस मिल पाएगा या नहीं, इसमें शक है।"

मैंने डरते हुए पूछा, "किसके पास है, आप जानते हैं?"

"जानता हूँ, अब मैं सब जानता हूँ, सब समझ रहा हूँ, लेकिन उसे दोषी साबित करना मुश्किल काम है। बहुत तेज दिमाग का है वह। उसने मुझे भी लगभग बेवकूफ बना ही दिया था।"

"लगभग?"

लगभग शब्द सुनकर मुझे अच्छा ही लगा क्योंकि फेलू दा को कोई पूरी तरह बेवकूफ बनाए, इसकी कल्पना भी मेरे लिए बहुत दुखदायी थी।

"मित्र साहब!"

एक बेयरा छत के दरवाजे के सामने खड़े होकर फेलू दा का नाम लेकर इधर-उधर देख रहा था।

"हाँ, मैं यहाँ हूँ।" फेलू दा ने हाथ उठाकर बेयरा को बुलाया। बेयरे ने उनके पास आकर उन्हें एक बड़ा ब्राउन लिफाफा थमा दिया।

"मैनेजर साहब के पास कोई छोड़ गया था आपके लिए।"

लिफाफे के ऊपर लाल पेंसिल से लिखा था—"मिस्टर पी.सी. मिटर, क्लार्क होटल।"

लिफाफा लेने के बाद फेलू दा के चेहरे के भाव बदल गए। लिफाफा खोलकर उसके अन्दर रखी चीज बाहर निकालते ही एक परिचित गन्ध महसूस हुई और फेलू दा का मुँह खुला-का-खुला रह गया।

उसके अन्दर से जो निकला था वह बहुत पुरानी कॉपी थी, ऐसी कॉपी हमारे देश में अब नहीं मिलती। कॉपी के पहले पन्ने में खूबसूरत हस्ताक्षर में लिखा था—'ए बंगाली इन लामालैंड!' उसके नीचे लेखक

का नाम लिखा था—शम्भूचरण बोस। नीचे महीना और सन् लिखा था—जून 1917।

"यह तो वही बहुचर्चित मैनुस्क्रिप्ट है।" लालमोहन बाबू बोल पड़े, उनकी अँगरेजी सुधारने की मानसिकता अब मेरी नहीं थी। मैं फेलू दा को देख रहा था। फेलू दा की नजर अब उस कॉपी पर नहीं थी, वह सामने देख रहे थे। तो क्या फेलू दा सचमुच बेवकूफ बन गए थे?

अब मैं समझ गया था फेलू दा की नजर किसी खास चीज पर केन्द्रित थी। मेरी नजरें भी वहीं टिक गईं। वे जापानी लोग चले गए थे। अब हमारे अतिरिक्त छत पर एक और व्यक्ति थे। वे थे किसी समय कान में रूई डालकर काले चश्मे और टोपी पहनकर घूमने वाले वे बूढ़े सज्जन।

फेलू दा एकटक उन्हीं को देख रहे थे।

वे सज्जन आहिस्ते से उठे और हमारी ओर आने लगे। हमारी मेज से लगभग तीन हाथ की दूरी पर आकर खड़े हो गए। उन्होंने पहले अपना चश्मा उतारा, फिर टोपी लेकिन अब भी कुछ खटक रहा था।

"फॉल्स टीथ नहीं लगाएँगे?" फेलू दा ने पूछा।

"सर्टनली!"

उन्होंने अपनी जेब से एक जोड़ी दाँत निकालकर मुँह में लगा लिया। उनके गाल और ठोढ़ी भरी-भरी दिखने लगी थी। उनकी उम्र दस साल घट गई थी। उन्हें पहचानने में अब कोई दिक्कत नहीं थी।

यह हैं लैंसडाउन रोड के रूखे मिजाज के चैम्पियन श्री नरेशचन्द्र पाकड़ासी।

"दाँत कब बनवाया?" फेलू दा ने पूछा।

"ऑर्डर बहुत पहले दिया था, लेकिन दिल्ली से लौटने के एक दिन बाद ही मिला है।"

अब मैं समझ गया कि दीननाथ बाबू ने नरेश बाबू को क्यों बूढ़ा समझा था। ट्रेन में उनके नकली दाँत नहीं थे। उसके बाद जब हम उनसे लैंसडाउन स्ट्रीट में मिलने गए थे, उन्होंने दाँत लगाना आरम्भ कर दिया था।

फेलू दा बोले, "अटैचियाँ अनजाने में ही नहीं बदली थीं, बदली गई थीं। बहुत पहले से ही मुझे इसका अन्दाजा था। लेकिन यह सब आपका कारनामा है, इसे समझने में वक्त लगा।"

"ऐसा होना स्वाभाविक था। मैं भी इतना मूर्ख नहीं हूँ, इतना तो आप मानते हैं।"

"सौ बार स्वीकार करता हूँ। लेकिन आपकी गलती कहाँ थी, आपको पता है? उन अखबारों को धमीजा की अटैची में रखने की। आपने ऐसा क्यों किया था, यह भी मैं जानता हूँ। दीननाथ बाबू वाली अटैची से वह पांडुलिपि निकाल लेने के बाद अटैची हल्की हो गई थी। अटैची उठाते समय दीननाथ बाबू को यह बात खटक सकती थी इसीलिए उसमें कागज रखकर आपने उसका वजन बढ़ा दिया था। लेकिन ट्रेन में अखबार कौन सँभालकर बक्से में रखता है, कहिए?"

"राइट! लेकिन यहीं तो आपका अनुभव बोलेगा। दूसरा कोई होता तो उसे जरा भी सन्देह नहीं होता।"

"एक और सवाल है!" फेलू दा बोले, "आपको छोड़कर बाकी सब गहरी नींद में सोये हुए थे, ठीक कह रहा हूँ न!"

"हाँ, ऐसा कहा जा सकता है।"

"लेकिन आमतौर पर ट्रेन में सफर करते समय दीननाथ बाबू ठीक से सो नहीं पाते हैं। उन्हें क्या आपने कोई नींद की दवाई दी थी?"

"राइट!"

"पानी के गिलास में नींद की गोली पाउडर करके मिला दी थी?"

"राइट! सेकोनल। वह हर समय हमारे पास रहती है। डिनर से पहले सबको पीने के लिए पानी दिया गया था। और धमीजा को छोड़कर बाकी दोनों बाथरूम में हाथ धोने गए थे।"

"यानी आप धमीजा को नींद की गोली नहीं खिला पाए।"

"नहीं; और इसलिए मेरी रात खराब हो गई। जब सुबह छह बजे धमीजा ने उठकर दाढ़ी बनाई थी, उसके बाद अपनी अटैची में सामान रखकर बाथरूम चले गए थे। उस बीच मैंने अपना काम कर लिया। बाकी दोनों उस समय भी गहरी नींद में थे।"

"लेकिन आपकी सबसे बड़ी चालाकी क्या थी, आप जानते हैं? इस पांडुलिपि को पा लेने के बाद भी आपने मेरे घर में आकर मुझे रुपयों का लालच दिया था।"

मिस्टर पाकड़ासी खिलखिलाकर हँसने लगे। फेलू दा बोले, "शिमला जाने से रोकना, टेलीफोन और कागज में लिखी धमकियाँ भी आपकी ही करतूतें थीं।"

"नेचुरली! शुरुआत में मैं बिलकुल नहीं चाहता था कि आप शिमला आएँ। उस समय तो आप मेरे सबसे बड़े दुश्मन थे। मेरी यही चिन्ता थी कि फेलू मित्र जब अटैची के मामले से जुड़ रहे हैं तो मेरा परफेक्ट क्राइम पकड़ा जाएगा। यहाँ तक कि प्लेन में बैठकर भी मैंने आपके उस मित्र की जेब में धमकी-भरा कागज रख दिया था। उसके बाद शिमला आने के बाद धीरे-धीरे मुझे लगने लगा, उस पांडुलिपि को आपको लौटा देना ही बेहतर होगा।"

"क्यों?"

"क्योंकि पांडुलिपि के बगैर अटैची लौटाने से आप भी शक के घेरे में आ जाते, ऐसा मैं नहीं चाहता था। इन थोड़े दिनों में आपकी इनसानियत को कुछ हद तक समझ ही चुका हूँ।"

"थैंक यू नरेश बाबू! क्या अब मैं आपसे एक सवाल पूछ सकता हूँ?"

"जरूर पूछिए।"

"यह पांडुलिपि आपने मुझे लौटा दी है लेकिन आपने इसकी दूसरी प्रतिलिपि कर ली है। ठीक कह रहा हूँ न!"

नरेश बाबू का चेहरा क्षणभर में उतर गया। समझ गया फेलू दा ने एक उस्तादी दाँव मारा है। उन्होंने कहा, "हम जब आपके घर गए थे, उस समय आप टाइप करके इस पांडुलिपि की प्रतिलिपि तैयार कर रहे थे। ठीक कह रहा हूँ न?"

"लेकिन...आप...?"

उस दिन आपके कमरे में मुझे एक महक मिली थी। वह महक शम्भूचरण के नेपाली बक्से में भी मिली थी और आज इस पांडुलिपि में भी वही महक है।"

"लेकिन पांडुलिपि तो..."

"मुझे कहने दीजिए प्लीज! शम्भूचरण का निधन हुआ है ट्वेंटी वन में यानी इक्यावन साल पहले। यानी एक साल पहले इस रचना पर लेखक का कॉपीराइट समाप्त हो गया है। मतलब इस रचना को अब कोई भी छाप सकता है।"

"बिलकुल छाप सकता है।" नरेश बाबू उत्तेजित होकर बोले, "आप कहना क्या चाहते हैं। ऐसा करके मैंने कुछ गलत किया है? यह तो असाधारण रचना है। दीननाथ बाबू क्या कभी इसे प्रकाशित करते? मैं इसे प्रकाशित करूँगा, और मैं अपने इस अधिकार में किसी को हस्तक्षेप नहीं करने दूँगा।"

"हस्तक्षेप भले ही न करे, प्रतिद्वंद्विता तो कर सकता है।"

"क्या मतलब, कौन करेगा प्रतिद्वन्द्विता?"

फेलू दा के होंठों में वही हँसी थी। एक बार और हैंड शेक करने के लिए नरेश बाबू की तरफ अपना दाहिना हाथ बढ़ाकर बोले—

"मीट योर राइवल, मिस्टर पाकड़ासी! इस अटैची के रहस्य के मामले के लिए मैं दीननाथ बाबू से केवल एक ही पारिश्रमिक माँगूँगा—इस पांडुलिपि को।"

जटायु के मुँह से अचानक निकला—"बूमरैंग।"

उन्होंने ऐसा क्यों कहा था, मैं आज तक समझ नहीं पाया हूँ।

●●●

## लेखक की अन्य प्रकाशित कृतियाँ

रॉयल बंगाल का रहस्य

कन्हाई के जगाई बाबा

प्रो. शंकु के कारनामे

जहाँगीर की स्वर्णमुद्रा

कैलास में गोलमाल

जय बाबा फेलूनाथ

बादशाही अँगूठी

मास्टर अंशुमान

विषय चलचित्र

सुजन हरबोला

नयन रहस्य

फटिकचन्द

कुल बारह

वाह बारह